CB080404

# UMA GRANDE HISTÓRIA DE AMOR

# UMA GRANDE HISTÓRIA DE AMOR

SUSANNA TAMARO

*Tradução de*
Ivone Benedetti

1ª edição

BERTRAND BRASIL
Rio de Janeiro | 2025

CIP-BRASIL. CATALOGAÇÃO NA PUBLICAÇÃO
SINDICATO NACIONAL DOS EDITORES DE LIVROS, RJ

T155g Tamaro, Susanna
Uma grande história de amor / Susanna Tamaro ; tradução Ivone Benedetti. - 1. ed. - Rio de Janeiro : Bertrand Brasil, 2025.

Tradução de: Una grande storia d'amore
ISBN 978-65-5838-401-4

1. Romance italiano. I. Benedetti, Ivone. II. Título.

25-98240.0 CDD: 853
CDU: 82-31(450)

Carla Rosa Martins Gonçalves - Bibliotecária - CRB-7/4782

Copyright © Susanna Tamaro, 2020
Direitos de tradução para o português acordados por intermédio de Vicki Satlow, The Agency srl.

Título original: *Una grande storia d'amore*

Texto revisado segundo o Acordo Ortográfico da Língua Portuguesa de 1990.

Todos os direitos reservados.
Não é permitida a reprodução total ou parcial desta obra, por quaisquer meios, sem a prévia autorização por escrito da Editora.

Direitos exclusivos de publicação em língua portuguesa somente para o Brasil adquiridos pela:
EDITORA BERTRAND BRASIL LTDA.
Rua Argentina, 171 — 3º andar — São Cristóvão
20921-380 — Rio de Janeiro — RJ
Tel.: (21) 2585-2000,
que se reserva a propriedade literária desta tradução.

Seja um leitor preferencial.
Cadastre-se no site www.record.com.br
e receba informações sobre nossos
lançamentos e nossas promoções.

Atendimento e venda direta ao leitor:
sac@record.com.br

EDITORA AFILIADA

Uma grande história de amor

*Aos meus pais, que, apesar de suas devastadoras fragilidades,*
*tiveram a coragem de me trazer ao mundo.*

O grande número de sábios é
que salva o mundo.

SABEDORIA 6,24

# 1
# Há muitíssimo tempo

Durante dois dias choveu ininterruptamente. Nuvens baixas, infladas, sombrias, desceram como um manto, cobrindo o horizonte que se abre para além do mar. Casa úmida, coração cansado, tempo passado no sofá à frente da lareira a folhear livros que me deixavam indiferente.

No fim da tarde, com o nosso velho guarda-chuva de varas partidas, fui fechar as galinhas no galinheiro. Não tive de fazer muito esforço, as quatro já estavam lá dentro, empoleiradas em seus poleiros.

Só voltando para casa percebi que a oeste, na direção em que avistávamos a silhueta azulada da Córsega nos dias límpidos, o muro cinzento estava se abrindo, dois cúmulos tinham se separado e, no espaço entre eles, os raios de sol haviam aparecido, primeiro timidamente e depois com mais ousadia, conquistando para a luz, com lenta teimosia, camadas cada vez mais amplas do céu. No tempo que levei para arrumar as últimas coisas e fechar as janelas, as nuvens se ergueram como a pesada cortina de um teatro, deixando entrever, detrás, a tonalidade delicadamente rosada que, no crepúsculo, prenuncia o retorno do bom tempo. Contrariando essa esperança, os galhos e os ramos ainda pretos e nus dos arbustos pareciam frases daquela língua para mim misteriosa, que você tanto gostava de decifrar.

Entrei na cozinha: estava fria, há muitíssimo tempo nada crepitava naquele fogão. Fiz um chá, cobri uma torrada com as poucas coisas que havia na geladeira. Com uma pequena bandeja fui até o sofá, a grande tora quase acabava de arder; acrescentei outra, insuflei um pouco com o fole para reavivar as brasas, depois me deixei cair nos almofadões, liguei a tevê e comi distraidamente a torrada, enquanto uma carrada de políticos despejava seu palavrório irrelevante no silêncio da sala.

Coberto apenas por uma manta, adormeci.

Na confusão obscura dos sonhos, a certa altura apareceram suas amadas colmeias. Nenhuma abelha entrava, nenhuma saía, parecia que não havia mais vida lá dentro. Há quantos meses estavam entregues à própria sorte? Há tantos, talvez há meses demais. Num dos brevíssimos momentos em que passei desperto, senti um pouco de remorso. Deveria cuidar delas, disse de mim para mim, pelo menos tentar. Amanhã quem sabe, pensei, se houver sol, sim... Depois o sono intermitente dos infelizes embaralhou as cartas, entregando-me à escuridão da noite.

No dia seguinte o sol brilhava. A chuva tinha feito bem às plantas e ao gramado, ainda estava presente o cinzento do inverno, mas já se via a pressão da primavera por renovação. Um talo mais verde, o discreto engrossamento das gemas nos ramos, onde, em breve, apareceriam folhas. Esperei a hora do almoço, como tantas vezes tinha visto você fazer, verifiquei que não havia nem uma brisa. Enquanto isso, pensava com certo temor naquelas caixas estranhas e em seu conteúdo ameaçador.

Nos últimos anos você me falava delas de um modo quase obsessivo. Quando tínhamos visitas, depois de certo tempo eu a interrompia, temendo que suas entusiásticas descrições do mundo dos himenópteros as entediasse. Quando estávamos sozinhos, de vez em quando você me perguntava: "Está me ouvindo?" E, enquanto eu acenava que sim, com olhar vago, você, qual professora implacável: "Então repita o que eu disse!" Nesse ponto eu tentava tapear, mas fazia isso de uma maneira tão clamorosa que você caía na risada.

Agora estou arrependido.

Por que não lhe dei ouvidos? Talvez porque, na distração em que fico pairando com frequência, entre todos os pensamentos possíveis nunca havia surgido o de que você iria embora, e eu ficaria aqui, em nossa casa, como vestal do templo de suas abelhas.

Na memória emergiam fragmentos, mas eram fragmentos confusos, eu nunca conseguiria pôr um ao lado do outro, criando algo que tivesse sentido. Só uma imagem estava clara: você se aproximava daquelas caixas cantando baixinho, com voz calma, e, antes de levantar a tampa com uma alavanca comprida, batia suavemente na parede de madeira como se estivesse diante da porta do quarto das crianças.

— Posso? — perguntava, e só depois, com calma, destampava a colmeia.

— Por que faz isso? — perguntei um dia.

— Por gentileza — respondeu você.

— Gentileza por quê?

— Se você vivesse na escuridão, não gostaria de ser avisado que a luz está prestes a irromper?

De quantas maneiras o vento pode soprar?

E quanto silêncio pode haver numa casa em que os únicos passos a ressoar são os seus? Quando navegamos, e o vento açoita o barco, o uivo dele, diferente apenas na intensidade, nos envolve a cada instante e, além da nossa voz, ouvimos apenas o tilintar de tudo o que se move. Mas, quando um vento forte se abate sobre a casa, são os aposentos que falam: folhas da janela batendo, batentes rangendo, sons de uma vida que saltam de algum lugar misterioso e dançam ao nosso redor com a obsessiva fidelidade da memória. Que zumbido é este? Será que é a geladeira? E aquela espécie de lamento sinistro será a dobradiça da porta do sótão que há muitíssimo tempo precisamos lubrificar? Ou será o canto monótono de um pássaro noturno o ranger das tábuas do chão na sala ao lado? Escancaramos a porta com brusquidão e gritamos: "Quem está aí?" Mas quem responde é mais uma vez apenas o vento.

Os mortos habitam as casas?

Ou é só o nosso medo que as habita?

# 2
# Não haverá outras

Na primeira vez que vimos esta casa, ela era pouco mais que uma ruína. Tinham acabado de aparecer os celulares, e essa novidade nos enchia de alegres esperanças para o futuro. Foi exatamente com nosso celular que ligamos para o número da imobiliária, escrito no cartaz já desbotado que se dependurava na porta.

Vendo-a de longe, você, com a certeza do rabdomante, já disse:

— Sim. É essa mesmo, não tenho dúvida.

— Como pode ter tanta certeza? Daqui a uma semana podemos encontrar outra que desperte a nossa paixão.

Você balançou a cabeça.

— Não haverá outras. Nem muito pequena, nem muito grande, com terreno suficiente, protegida dos ventos do norte e aberta na frente, sempre pronta a acolher o sol. Há árvores sábias perto de arbustos que alegram.

Ver coisas que mais ninguém via era uma de suas aptidões mais singulares. Senti arrepios só de pensar em dizer na imobiliária: "Compramos porque tem árvores sábias." Assim, com a força de meu bom senso, arrisquei:

— Acho que vai exigir obras demais.

Mas você já estava organizando a disposição dos aposentos. Ali o seu escritório, ao lado o quarto, depois a cozinha, o banheiro. E o canto do jardim onde colocaríamos o balanço para os netos que um dia, com certeza, chegariam.

— Não se preocupe — disse você, esfregando as mãos como se já estivessem cobertas de pó das obras —, eu vou tratar de tudo.

— Não se vê o mar — observei, já quase certo da derrota.

Então você parou, ficou em silêncio, um grupo de gaivotas passou acima de nossa cabeça; você levantou o dedo no ar como se quisesse experimentar a direção do vento ou repreender uma criança.

— Não se vê, mas... ouça!

As pedras rangeram sob meus sapatos, as gaivotas desapareceram de nossa vista. Levantei a cabeça: da esquerda, ao longe, chegava o barulho de uma motosserra. Quando ele parou, do lado oposto ouvi, fraco, mas inconfundível, o som das ondas quebrando nas rochas.

Mais uma vez quem tinha razão era você.

Resistir à sua energia era muito difícil, e foi assim que aquela ruína abandonada bem no meio de uma ilha se tornou nosso refúgio.

A reforma foi demorada e trabalhosa porque ainda não morávamos lá. Por revezamento, de acordo com nossos compromissos de trabalho, vínhamos à ilha e, durante alguns dias, acompanhávamos a obra. Quando conseguimos entrar, dois anos depois, numa fria manhã de março, o jardim ainda era selvagem.

Você logo quis pendurar na porta e nos cantos da casa alguns sinos comprados numa de suas viagens ao Oriente. O vento, apenas uma brisa, roçava-os delicadamente.

— É um pequeno coro angelical, um coro de boas-vindas — disse-me.

Depois abriu a porta e ali, na entrada, que ainda recendia a reboco, nós nos abraçamos. Eram tantos casacos, tantos suéteres e, depois de toda aquela espessura, você. A fragilidade de um passarinho protegido pelo ninho. Não sei o que você pensou de mim naquele instante. Eu, o grande, o forte, aquele que, mesmo na tempestade, sabia sempre manter reta a barra de comando. Mas me lembro de que você pousou a cabeça em meu peito, eu estava usando um velho casaco de lã azul.

— Quantos anos se passaram? — perguntou.

— Muitos — respondi, acariciando seus cabelos.

A brisa havia cessado, estávamos imersos em profundo silêncio. Assim apertados, eu sentia seu coração bater. Talvez você também sentisse o meu. O sininho da porta tilintou suavemente.

— Muito complicados? — perguntou.

— Sim — assenti, e ficamos abraçados ainda por um pouco.

As noites dos insones em casas vazias são das coisas mais difíceis de suportar. Levantar-se, ir à cozinha comer algo e saber que é inútil aplicar o ouvido, porque já não há ninguém no quarto, nenhum suspiro, nenhum fragmento de palavra escapado da loucura dos sonhos; comer e voltar para a cama, ficar ali enroscado, com o terror de sair do nicho de calor. Quando se vive na cidade, alguma distração pode haver: a descarga do andar de cima, a tevê com volume demasiadamente alto de algum outro insone, o trânsito da rua, uma ambulância, um caminhão de bombeiros, dois bêbados, noite alta, discutindo bem debaixo da janela, mas numa casa suspensa entre o mar e o céu, que distração, que âncora de salvação pode haver? Há o corpo, a mente da gente, os fantasmas que a habitam e as coisas ao redor.

A casa cheia de vida transformou-se num galeão fantasma. Ninguém o governa porque ninguém está em condições de fazê-lo. No fragmento de um sonho, estou segurando o sextante, viro-o e reviro-o, olho-o e percebo que já não sou capaz de usá-lo. É obsoleto, sussurra uma daquelas vozes misteriosas que falam nos sonhos. Há computadores de bordo, o que é que você quer fazer com esse pedaço de metal? É verdade, digo a mim mesmo, no fundo é só uma lembrança querida; digo, mas dentro de mim a angústia cresce.

Talvez essa desorientação seja sinal de envelhecimento. Demência iminente, perder a consciência das coisas; já não sei traçar a rota, nem de que lado virar o leme; o único horizonte que me resta é o do capricho das correntes. Com velas rasgadas, madeira e metais opacificados pela falta de cuidado, o galeão fantasma vai à deriva, à espera do escolho que porá fim aos seus dias. Penso também: já nem sei me orientar pelas estrelas, depois afundo no sono triste que as pílulas proporcionam.

Às seis já estou acordado, com um dia totalmente vazio à frente. A casa está envolta no uivo do mistral. Tento acender a lareira, mas é uma tarefa impossível; a cada rajada, a fumaça invade a sala com espirais densas e imperiosas. Para não sufocar, preciso escancarar as janelas, e então o vento irrompe na sala, pondo os quadros a tilintar, os papéis a voar e espalhar-se.

Mudo-me para a cozinha e me resigno à modernidade da estufa movida a pellets de madeira. Carreguei-a ontem à noite; é comandada por um controle remoto. Liga-se um temporizador, e os cilindros comprimidos iniciam a combustão. A mesa da cozinha está coberta de migalhas, a pia, cheia de pratos sujos à espera de serem postos na lava-louça. O leite na geladeira venceu, por isso recorro a alguma coisa quente.

As marcas das suas paixões ainda estão por aí: há pelo menos dez embalagens de chá; pego uma ao acaso, é muito escuro e tem sabor de defumado.

Você tinha o costume de toda noite aprontar a mesa para o desjejum do dia seguinte.

— Por que tanto trabalho? — perguntei assim que nos mudamos para a ilha. — No fundo, é só um café, um chá e pouco mais.

— Porque é um exercício de esperança.

— Que tem a esperança a ver com biscoitos e compota?

— Tem a ver com o dia e a noite. Diante da escuridão somos impotentes, não temos certezas, só podemos esperar aportar de novo à luz do dia. Preparar-se para a manhã seguinte significa convidá-la a voltar.

Aquela sua observação me impressionara. Nunca tinha pensado que a noite fosse um momento de desarvoramento. Sabia usar o sextante, sabia ler as estrelas como se fossem um abecedário; havia nuvens, claro, mas também havia o vento que, mais cedo ou mais tarde, as varreria. Nunca tinha pensado na escuridão como uma entidade capaz de nos devorar.

Só esta manhã, depois desta noite, diante da mesa cheia de migalhas, da pia cheia de louça, percebi que você tinha razão. Manter viva a esperança ou render-se, continuar navegando à procura de um farol ou recolher os remos e esperar o impacto com o escolho.

Fui superficial?

Fui tolo?

O mistral arrancou uma veneziana da dobradiça, e ela está batendo em ritmo irregular. *Toc-toc toc-toc.* Se for uma resposta às minhas perguntas, não sou capaz de compreendê-la. Enquanto isso, o pellet da estufa, que era castanho, ficou vermelho: várias brasas minúsculas e regulares. Um fogo domado, organizado, isento das explosões iradas e da fumaça devastadora de uma madeira ainda não suficientemente seca.

É nesse fogo que nosso amor se transformaria nos anos da velhice?

E que fogo ardeu em nossa juventude?

Apesar do mistral, saí para dar um passeio nos arredores da ilha. Caminhar sem vento ou caminhar com vento, tudo muda: se caminhamos na calmaria, os pensamentos são nossos pensamentos, estão à nossa frente como um campo organizado, dirigimos os passos e sabemos para onde estamos indo; se caminhamos sob os açoites do vento, tudo assobia em nossa cabeça, tudo se mistura e confunde; temos de manter o equilíbrio, amortecer as pernas por um instante antes que a rajada chegue; lutamos constantemente com o que está fora de nós, e isso faz emergir aquilo que, na calmaria, permaneceria escondido.

Pouco antes de chegar ao promontório, sentei-me. As ondas estavam altas, e o estrondo erguia-se com violência. Para alguém como eu, que passou a vida no mar, é estranho estar no meio de uma tempestade e não ter de fazer nada. Se estivesse a bordo, com este tempo, só teria preocupações; em vez disso, podia ficar sentado calmamente, observando as ondas.

De repente, de minha memória brotou outro sibilo, o do vento boreal que soprava em torno da casa de minha infância.

Foi exatamente num dia de vento boreal que me introduzi na biblioteca de meus pais. Uma sala não muito grande, forrada de livros até o teto. Livros de meu pai, meu avô, meu bisavô: a memória de nossa família em papel estava toda ali reunida. Havia uma grande janela que dava para o jardim, mas suas folhas nunca eram abertas. Uma escrivaninha, um globo terrestre empoeirado, um cesto de papel no qual ninguém nunca jogava folhas. Nenhuma estufa, nenhum aquecedor. Das paredes emanava o úmido frio do inverno, frio que os livros estavam prontos a absorver. Na grande casa na colina, aquele era um dos lugares mais inóspitos, que, no entanto, se tornaria um de meus refúgios preferidos depois dos oito anos de idade. Levava comigo um cobertor e uma lanterna e ali, como um ratinho curioso, passava tardes inteiras.

Em minha primeira visita, enquanto o vento se enfiava entre as frestas e punha as cortinas a voar como se fossem fantasmas, de uma das prateleiras baixas tirei um volume em que estava escrito *Il Milione*. Como meu pai, em alguns domingos, comprava para mim *Il Corriere dei Piccoli*, achei que naquelas páginas haveria outras aventuras do senhor Bonaventura, famoso dono de uma nota de Um Milhão!* Que desilusão quando percebi que não havia nenhum desenho. Não conhecia os personagens

* O livro *Il Milione* (o Milhão, apelido de Marco Polo) é conhecido entre nós como *As viagens de Marco Polo*. O *Corriere dei Piccoli* foi uma revista em quadrinhos publicada de 1908 a 1995 na Itália. O personagem senhor Bonaventura se caracterizava por frequentemente ganhar um milhão de liras após viver aventuras complicadas. [N.T.]

de que se falava naquelas páginas, a não ser os Reis Magos. Por isso, pus o livro no chão, enrolei-me no cobertor e comecei a ler.

Em sua vida também, por razões diferentes, *Il Milione* foi um livro importante.

Alguma vez falamos dos Reis Magos?

Não consigo lembrar.

Voltei para casa na hora do almoço, e, antes de escurecer, o mistral parou de soprar; assim finalmente pude acender a lareira da sala. A lenha é do pinheiro marítimo que vimos cair como um graveto durante um tornado; fui eu que cortei a lenha com motosserra, enquanto você se preocupava em arrancar raminhos e recolher pinhas.

Agora ela arde com chamas vigorosas, enquanto o perfume da resina se espalha pela sala. Entre as chamas reaparecem os Reis Magos, primeiro os cascos do camelo de Melquior, depois os outros dois, Gaspar e Baltasar; apesar das vestes suntuosas, parecem tristes.

Foi precisamente a leitura de *Il Milione* que me revelou a razão da melancolia deles.

Assim que chegaram a Belém, contava o livro de Marco Polo, depositaram os presentes aos pés do Menino. Ouro — para saber se era Senhor terreno; Incenso — para saber se era Deus; Mirra — para saber se era eterno. E o Menino retribuiu com quê?

Com uma simples caixinha de madeira.

Assim, puseram-se novamente a caminho, guardando-a como uma coisa preciosa. No meio do caminho, porém, não resistiram à curiosidade e a abriram.

Que decepção!

Dentro não havia nada além de uma pedra inútil.

Era esse o modo de retribuir seus presentes, o esforço extenuante de sua viagem? Furiosos, eles a pegaram e jogaram num poço não muito distante, mas, assim que ela tocou o fundo, aconteceu algo extraordinário. Uma coluna de fogo do céu precipitou-se diretamente no poço, mas o fogo, ao invés de se apagar em contato com a água, acendeu-se ainda mais. Não se apagou naquele dia, nem no dia seguinte, nem no outro.

Talvez ainda esteja ardendo.

Aquele fogo estava escondido na pedra para iluminar a pobreza de seus corações. Tinham visto e não tinham acreditado de fato.

A pedra era o sinal da fidelidade que lhes fora pedida.

Aquela pedra continha o fogo que nada extingue.

Por ter aparência humilde, eles a haviam desprezado e jogado no poço. Tiveram a oportunidade de se tornar realmente ricos e permaneceram muito pobres.

Gostaria de consolá-los, mas eles, arrastando os cascos de seus animais, já tinham desaparecido da sala.

Enquanto isso, na lareira, as toras transformaram-se em brasas, não posso ir dormir antes que estejam completamente apagadas. As chamas são rápidas, e as brasas, muito lentas. Parecem dizer-me: "Está com pressa? Cansado? Espere! Ainda não acabamos de arder."

Enquanto as observo acinzentar-se, penso que, num dia distante, eu também corri o risco de me comportar como os Reis Magos. Recebi um presente — o de encontrar você — e o troquei por uma pedra, um incômodo, um tropeço do qual queria me livrar o mais depressa possível. Tinha vida regular e planos para o futuro que não diferiam muito de um trem lançado num trilho testado e aprovado.

Que o trilho pudesse conter em si a possibilidade de descarrilamento era algo que não tinha sequer me passado pela cabeça.

# 3
# Quartos de nobreza

Qual tinha sido meu destino ao vir ao mundo? O de me tornar advogado como meu pai. E o seu? Nunca lhe perguntei, mas acredito que não seria muito diferente do de sua mãe. Ser professora, casar-se, alegrar a vida dos pais com a dádiva de uma descendência.

Meu pai era advogado, o pai dele também, meu bisavô fora advogado: fidalgote de província e funcionário do Império Austro-Húngaro, mudara-se para Cormons na segunda metade do século XIX.

Uma mansão senhorial com a comodidade de um pouco de terra ao redor; a estrebaria com cavalos e uma carruagem, que com o tempo se transformou no primeiro automóvel da aldeia; uma grande biblioteca, onde passei meu tempo; um piano de cauda, esquecido por todos num canto da sala; e alguns pratos de porcelana lascados, onde se vislumbrava a sombra de um brasão nobiliárquico, eram as coisas que nos tornavam diferentes das pessoas que moravam por perto. O respeito deferente da vizinhança confirmava a certeza genética de pertencer a um mundo diferente.

— Não se esqueça de seus quartos de nobreza!

É uma das primeiras frases que recordo de meu pai.

Os quartos de nobreza entraram em minha vida já aos seis, sete anos: brincar com crianças que eu tivesse escolhido, e não meu pai, ficar afobado, falar alto demais, fazer birra ou, pior ainda, em público eram comportamentos punidos com essa frase.

Quartos de nobreza, para mim, que nasci em 1950, eram um absoluto mistério: algo que nos tornava diferentes dos outros, mas a razão dessa diferença não estava clara para mim. Não éramos ricos, ou melhor, já não o éramos.

Aquele casarão de cômodos gelados não era muito diferente de uma carcaça de dinossauro, triste espólio de uma vida que havia muito se dissolvera. As terras tinham sido vendidas ainda antes do início da Segunda Guerra Mundial, os cavalos tinham desaparecido, e na garagem havia um velho sedã difícil de dar partida. Vivíamos do trabalho de meu pai, de seu escritório de advocacia no centro de Gorizia. Minha mãe era formada em Letras e tinha lecionado grego e latim como substituta antes de se casar.

As núpcias ocorreram no final da guerra. O primeiro encontro dos dois ocorrera num trem, que ficou parado por causa de uma avaria, e na longa espera eles tiveram oportunidade de se conhecer. Nunca lhes perguntei em que mês foi, mas imagino que tenha sido em maio: os primeiros dias quentes, o rubor das faces, aquela espécie de agitação sutil que invade os seres humanos quando ao redor explode a exuberância da vida.

Como deram um jeito de se reencontrar? Com certeza não foi ela quem tomou a iniciativa, teria sido indecoroso. O mais provável é que ele tenha frequentado regularmente aquela linha ferroviária ou passeado ansioso em volta da escola onde ela lecionava.

Minha mãe se chamava Aldina, e isso era um obstáculo intransponível para meu pai. Por isso, no momento de lhe dar o anel e fazer o pedido de casamento, ele acrescentou uma solicitação incomum, o de mudar de nome. Na emoção do momento, ela concordou, rindo da estranheza. De comum acordo, decidiram a nova identidade.

Ela passaria a se chamar Maria Vittoria, para os íntimos, Mavi.

"Aldina, quer se casar com...?"

"Maria Vittoria, quer...?"

Nessa diferença, estava todo o mundo de meu pai.

— Casei-me com sua mãe porque ela era muito bonita — disse-me um dia, quando eu já era quase adulto e estávamos sentados debaixo da glicínia florida na frente de casa. A razão pela qual ela se casara com ele, porém, eu nunca soube.

As mães são mais hábeis em silenciar.

Sobre a origem dos casais, muitas vezes há abismos de silêncio, e com esses abismos os filhos têm de lidar, mais cedo ou mais tarde.

Conservo uma imagem precisa desse momento de iluminação: eu deitado no frescor do chão numa tarde abafada de verão, brincando com uma velha caixa de quebra-cabeça. Consigo montar a imagem, mas depois empaco. Nenhuma peça se encaixa no espaço que falta. Teimosamente, tento várias vezes, mas a certa altura a paciência acaba, desmancho com raiva o trabalho feito, levanto-me e dou um pontapé na caixa antes de sair da sala.

Falta uma peça, e faltará para sempre.

A peça que justifica o próprio estar no mundo. Sou filho de quê? Da conveniência? Da obviedade? De um abuso? De um erro?

Agora que todos enchem a boca com a palavra "amor", agora que as crianças são envolvidas desde o primeiro dia por uma nuvem demasiado viscosa desse sentimento, ou por sua representação, é difícil que as pessoas se vejam expostas à nudez, como as gerações anteriores. Cercadas de manequins bem-vestidos e sorridentes, respondem tranquilizadas aos sorrisos, convencidas de que a vida encontra justificação naquelas expressões satisfeitas.

Nós, nascidos com os destroços fumegantes da guerra atrás e com o horizonte vertiginoso do boom econômico na frente, não éramos vítimas de nenhuma forma de engodo: do manequim víamos a alma de arame e a máscara de celuloide, arame e máscara que tornavam insones as nossas noites. Por que vim ao mundo? Visto que a palavra "amor" não era levada em consideração, bem cedo começávamos um corpo a corpo com nosso destino. Compreender quem sou, compreender o que quero, para onde quero ir, saber desde logo que as energias que devem entrar em campo não são as da quietude, mas sim as do confronto.

Sem confronto, não há conquista.

Sem conquista, não há possibilidade de construir um destino.

Meu pai não era uma pessoa ruim, mas um homem afogado na própria mediocridade. Foi pai do mesmo modo como seu pai e seu avô tinham sido, com a diferença de que o mundo ao redor tinha mudado. Um século se acabara, e outro começara. Duas guerras haviam estourado, a paz tinha retornado, e as fortunas de família, se dissipado. Mas ele aprendera um modelo e o repetiu, sem nunca se interrogar sobre a justiça de seus atos.

Foi feito assim e assim se fará para sempre!

É exatamente essa uma das armadilhas mais insidiosas que se abrem na vida das pessoas: calçar os sapatos de outro e seguir em frente, continuar a marchar mesmo que eles sejam pequenos, mesmo que sejam apertados, mesmo que machuquem.

Até os dez anos, olhei para meu pai com a silenciosa adoração dos filhotes, mas, no verão entre o fim do primeiro ciclo do ensino fundamental e o início do segundo, aconteceu algo que começou a agir dentro de mim como o mato rastejante que é capaz de arrancar o asfalto.

Era julho e, para a ocasião, ele pediu emprestado a um amigo um Alfa Romeo Spider vermelho. A ocasião era me levar para visitar seu escritório em Gorizia, conhecer as pessoas com quem trabalhava e os amigos importantes que tinha na cidade.

A viagem de ida tinha sido linda, não fazia muito calor, e o cheiro estival da terra vinha ao meu encontro; em muitos pontos as ceifeiras estavam em atividade, e as partículas douradas da palha tornavam o ar ainda mais luminoso.

"Eis meu herdeiro!", exclamou pomposamente meu pai, entrando no escritório. Mostrou-me sua sala, as paredes cobertas por estantes escuras e maciças cheias de volumes de aspecto empoeirado, a sala de espera com cadeiras de couro desgastadas e algumas revistas de direito na mesinha, um quartinho com máquina de escrever e alguns arquivos organizados, onde trabalhava a senhorita Nives, sua secretária. Falava com entusiasmo, como se estivesse descrevendo uma sala do Louvre, eu me esforçava por sentir o mesmo entusiasmo, enquanto chupava uma pastilha oferecida pela sua senhorita Nives.

Terminada a visita, voltamos ao carro para nos encontrarmos com seus amigos no bar da praça principal. Ali fui apresentado ao mundo "que importava" e, depois de beber um suco de fruta, e eles, um montão de cálices, fomos a uma *trattoria* que ficava na colina, não muito distante. Almoçamos ao ar livre, debaixo de tílias.

Durante algum tempo, tentei gentilmente acompanhar a conversa, mas logo fui dominado por aquele tédio que sempre acomete as crianças durante almoços de adultos. Assim, comecei a observar uma aranha que, baixando da tília, balançava diante de meus olhos e alguns patos que mergulhavam a cabeça na água à procura de comida num lago próximo.

Com a sucessão de pratos e garrafas de vinho, a conversa foi ficando cada vez mais barulhenta; tinham começado a falar dos problemas das vinhas, mas no final do segundo prato a conversa passou para a política. A certa altura, aconteceu algo que eu nunca teria imaginado: meu pai gritou uma daquelas palavras proibidíssimas, levantando-se e batendo com o punho na mesa.

— Rodolfo! — chamou-lhe a atenção um amigo, segurando seu braço.

— Rudolf! Meu nome é Rudolf! — gritou meu pai, desvencilhando-se do aperto.

E logo depois, com a mão no coração, os olhos fechados e uma lágrima a espreitar por baixo das pálpebras, começou a cantar o hino do Império Austro-Húngaro.

No final, das mesas em volta ergueram-se aplausos.

— Bravo! Bravo!

— Por que não canta para nós também? — perguntou um rapaz sentado a uma mesa próxima, e meu pai atendeu ao pedido. Dessa vez, com entusiasmo ainda maior. No final, o rapaz gargalhou, gritando: "Palhaço! Por que não volta para Kartoffelnland?".*

Meu pai investiu contra ele com fúria, mas o sujeito imobilizou o braço dele, torcendo-o nas costas. Só o largou quando o ouviu gritar de dor.

— Vai, vai, velho palhaço!

Eu já estava de pé.

— *Schnell!*** — gritou meu pai, correndo para a saída e subindo no carro.

Estávamos prontos para arrancar, mas ele não encontrava as chaves, por isso fomos perseguidos por outras piadinhas e risadas às nossas costas.

— Fascistas! Fascistas! — começou a gritar meu pai, depois de darmos a partida. — Malditos nacionalistas!

Ele dirigia como um louco. A seu lado, eu estava e não estava. Em vez de olhar a paisagem, pensava nos patos, em como devia ser bom viver numa realidade e depois, simplesmente dobrando o pescoço, acabar em outra. Do barulho do mundo ao silêncio debaixo da superfície da água.

---

* Terra da batata. [N.T.]

** Rápido! [N.T.]

# 4
# Como nos conhecemos

Precisei passar um dia em Livorno, tinha alguns assuntos burocráticos para resolver. O mistral havia parado de soprar, dando lugar a uma chuva torrencial: um dia, dois dias; no terceiro dia estava tomado pelo furor; prisioneiro das paredes, prisioneiro das obsessões que assaltam os encarcerados quando lhes é negado o tempo de ar livre.

Embarquei sob o dilúvio e sob o dilúvio desembarquei em Livorno. Fui apanhado por Fabio, um antigo colega, e passamos a maior parte do tempo juntos.

À tarde ainda chovia, mas, enquanto esperava o ferry de volta, a oeste apareceu uma finíssima faixa de luz: no início não era mais que um fio de ouro pousado no horizonte do mar, as nuvens cinzentas pareciam um paquiderme pronto a esmagá-lo, depois, lentamente, aquela lâmina luminosa se alargou e, expandindo-se, foi abrindo trilhas cada vez mais amplas na massa sombria sobreposta.

Quando subi a bordo, os raios de sol renteavam a superfície da água. Fechei os olhos, quase incomodado por aquele repentino retorno da luz.

Foi assim que você irrompeu em minha vida.

***

Nosso primeiro encontro por certo não foi dos melhores.

Julho de 1978, fazia quatro anos que eu trabalhava como oficial na linha marítima que ligava Veneza ao Pireu. Durante o inverno transportávamos principalmente caminhões, mas no verão os caminhões cediam grande parte do espaço a automóveis e trailers de turistas. Também havia vários viajantes sem carro, sobretudo estudantes, e exatamente eles, por terem pouco dinheiro, dormiam na mais econômica das acomodações: o convés.

Notei seu grupo quando já estávamos bem distantes do porto. Fiquei impressionado com o fato de cada um ter um cigarro na mão, via as pequenas brasas brilhando na noite. Lembro-me de ter pensado: tão novos e já fumam como chaminés. Ao amanhecer vi vocês se metendo em sacos de dormir como lagartas à espera da metamorfose. Mais tarde, reuniram-se em círculo, e alguns começaram a tocar flauta andina.

Era já manhã alta, eu estava a caminho da sala de refeições, quando vi você no chão, fumando de pernas cruzadas, perto da escada que levava à ponte de comando.

Parei.

— Senhorita, aqui não pode fumar.

Você fez questão de não apagar o cigarro; pelo contrário, deu uma tragada ainda mais profunda, fazendo a fumaça sair pelas narinas como se fosse um dragão chinês.

— Quem disse?

— O cartaz aí atrás.

Você se virou com indolência para observar a inscrição "NO SMOKING AREA", acima de sua cabeça.

— Foi o senhor que decidiu? — perguntou com ar desafiador.

— Foram as normas internacionais de segurança.

— Por quê?

Minha paciência estava se esgotando.

— Para evitar que a gente voe pelos ares.

Só nesse momento, com ostensiva insolência, você apagou a ponta do cigarro no chão de madeira. Ao subir a escada, pensei: mas quem é que vai se casar com uma moça desse tipo? E senti um arrepio descer pela espinha.

— Estamos viajando com bruxas — exclamei sentando-me à mesa; meus colegas riram, e você e seus amigos saíram de minha mente.

Por coincidência, duas semanas depois, na rota oposta, Pireu-Veneza, nós nos encontramos no mesmo ferry. Notei os rostos queimados pelo sol, o ar mais relaxado do que no dia em que haviam partido. Em vez de tocarem flauta andina, entoaram canções com entusiasmo. Via que as bocas se moviam, mas a vibração dos motores e o vento me impediam de entender as palavras.

Notei o grupo como se pode notar um pequeno bosque de acácias durante um passeio. Não me preocupei com você, na verdade tentava manter o mais longe possível de minha memória a desagradável conversa de duas semanas antes.

Por isso, quando mais tarde ouvi sua voz ao meu lado, na escuridão, tive um sobressalto de surpresa. Terminara meu turno e, antes de voltar para a cabine, tinha parado para contemplar a esteira branca que a embarcação deixava para trás, cortando a escuridão do mar e da noite. Fazia aquilo todas as noites, o que me transmitia profunda sensação de paz.

— Capitão!

Virei a cabeça e vi você ao meu lado.

— Sim?

Meu tom não era muito cordial.

— Capitão, como a gente se sente dentro de um uniforme?

— O que quer dizer?

— O senhor sempre sabe o que fazer?

— Sou um oficial, estudei para isso.

— Para conduzir navios ao porto?

— Sim.

— E quando está em terra? Sabe o que fazer?

Fiquei em silêncio antes de responder.

— Sim, geralmente sei.

Como fantasmas brancos, um par de gaivotas sobrevoou nossas cabeças.

— Há uma ordem no mundo? — você perguntou depois.

— Se não houvesse, não poderíamos navegar.

— Pode-se fumar aqui?

— Sim.

— O senhor não fuma?

— Não.

— Nem cachimbo?

— Não. Não sou o Popeye.

Imaginando-me Popeye, você sorriu. A espuma produzida pelos redemoinhos das hélices continuava a girar diante de nossos olhos.

— O que acontece se alguém pular daqui? — você acrescentou depois.

— Acontece que faz a maior besteira da vida.

— O senhor me impediria?

— Claro, também sou pago para isso.

Você gargalhou.

Também ri, despedindo-me:

— Está na hora de ir.

Eu sentia seu olhar sobre mim enquanto subia as escadas que levavam às cabines dos oficiais.

— Não pule! — gritei, inclinando-me uma última vez sobre o parapeito. — Não me pagam horas extras!

Pouco antes de adormecer, naquela zona confusa entre a vigília e o sono, por um instante me perguntei se não teria sido um erro não ficar com você ou se deveria ter avisado o oficial que me substituía sobre as suas aspirações suicidas.

Frase de efeito de adolescente, disse de mim para mim, afundando nos braços de Morfeu com a serena inconsciência de quem sabe sempre o que fazer.

***

Sempre soube o que fazer na vida ou naquele dia menti? Relembrando todos os anos passados desde que me conhecia por gente, ficou claro que sempre soube o que *não* queria fazer.

Depois da viagem com meu pai a Gorizia e sua penosa exibição como saudoso do Império Austro-Húngaro, já na manhã seguinte tinha a certeza de que nunca seria advogado. Não havia raciocínios por trás dessa rejeição, eu tinha apenas dez anos, mas uma espécie de intuição misteriosa que me impelia a explorar outros caminhos.

Meu bisavô tinha sido feliz?

Meu avô tinha sido feliz?

Eu não podia saber, mas sabia com certeza que meu pai não era: tinham-lhe posto uma mochila nas costas, e ele, sem olhar para trás, sem ver o que continha, pusera-se em marcha, obediente como um soldado que vai em direção a um destino traçado por outros.

Poderia ter feito diferente?

Por certo, ainda que antigamente a rebelião contra o caminho que os pais já houvessem traçado para os filhos fosse um desafio bastante sério, era preciso ter realmente certeza da nova escolha para cometer um ato de ruptura. Os pais ainda tinham o poder de nos repudiar por uma decisão de vida de que não gostassem.

Embora 1960, época em que eu tinha dez anos, fosse muito mais semelhante ao século anterior do que ao tempo em que vivemos hoje em termos de valores e estilos de vida, o medo da ira de meus pais não foi suficientemente forte para me fazer renunciar a meus sonhos. Sonhos que nasceram e se desenvolveram no terreno maravilhosamente fértil que fica entre a infância e a adolescência. Três anos passados na biblioteca de casa, entre a contemplação do globo terrestre e a leitura frenética de todos os livros de aventura possíveis. E, quanto mais lia, mais olhava para o globo, mais ficava claro que minha vida nunca se passaria entre quatro paredes de uma sala.

***

Naquele verão que me separava do liceu falei com minha mãe sobre minha inquietação. Nela encontrei uma aliada e também uma astuta estrategista: para me permitir frequentar o Instituto Náutico, mentiu ao meu pai; aproveitando seu conhecimento do ambiente escolar, queixou-se da grande decadência do liceu clássico de Gorizia e, depois de deixar germinar essa semente nos pensamentos do marido, começou a elogiar o liceu Dante de Trieste, sem dúvida o melhor da região; assim, sem muito esforço, conseguiu arrancar a permissão para a escola triestina.

A mentira, claro, era muito maior, por ser verdade que eu iria para Trieste, porém para frequentar o Náutico; enquanto isso, às escondidas, ela me ensinaria as bases de latim e grego, aquelas noções mínimas que me permitissem continuar com fluência os versos de Virgílio — *"Tityre, tu patulae..."* — quando meu pai começasse a declamar.

Quando, no quarto ano, o engodo foi descoberto por causa de um amigo que me viu entrar no Náutico, a reação dele foi de calmo abatimento.

— O que mais eu poderia esperar de você?

# 5
# Lembra-se de mim?

Desde que você se foi, a casa ficou imersa na ordem/desordem daquele dia. Tudo ainda está como estava. Um chinelo no chão e o outro debaixo da cama, a pasta de dentes com a tampa aberta e um monte de roupas na cadeira. Você era capaz como ninguém de criar um estado de perene desordem à sua volta. Como eu, por natureza, sou meticuloso e, além disso, me acostumei a viver no espaço estreito de uma cabine, nossos universos estavam em constante colisão.

— Será que você não podia ser um pouco mais organizada? — gritava eu, exasperado, quando encontrava uma concha suja de molho ao lado da impressora.

Você dava de ombros, alegre.

— Não faço desordem, crio mundos. E cada mundo gera a sua própria ordem.

— Não consigo ver essa ordem — dizia eu, com a concha na mão.

— Não faz mal, eu vejo.

Enquanto moramos no apartamento do Lido, a limitação do espaço conteve sua fúria criadora, mas, quando nos mudamos para esta ilha, sua criatividade se desenfreou. A casa do Lido, para você, já era apertada fazia muitos anos, não passava uma noite sem que, fechando as janelas, você perguntasse:

— Tem certeza de que quer envelhecer aqui?

— Há um tempo para cada coisa — respondia eu, mas era claro que para você esse tempo já se acabara.

Se havia uma coisa que nos unia era a enorme necessidade de espaços abertos. Graças a meu trabalho, em geral meu olhar não enfrentava limites, enquanto você, presa entre computadores e dicionários, sofria cada vez mais de uma síndrome claustrofóbica.

— É verdade que, com meu trabalho, a cabeça vai para outras dimensões, mas o corpo tem necessidades que a mente desconhece. Vou acabar ficando entediada — murmurava, afundada no sofá nas noites de chuva.

Eu olhava e sabia que em suas palavras havia um fundo de verdade.

Assim, numa noite, decidimos estabelecer uma data. Aos seus cinquenta anos, aos meus sessenta. Você bateu palmas, porque, assim como era infantil nas impaciências, também o era nos momentos de alegria.

— Sério?

— Palavra de capitão!

Adormecemos estreitados num abraço.

Por causa de sua necessidade de ar aberto, sempre que possível saíamos do Lido. O destino mais frequente eram as Dolomitas de Cortina. No outono e na primavera, quando não eram invadidas pelas multidões, passávamos lá um dia; às vezes até ficávamos para dormir. Para mim, a montanha era um ambiente desconhecido, enquanto você ficava perfeitamente à vontade. Desde jovem, quando se sentia sufocada pelos miasmas de Mestre, você pegava um ônibus e caminhava sozinha pelos bosques, durante horas. Não lhe seria desagradável envelhecer entre montanhas, você confirmou um dia.

— Não se vê o horizonte — objetei.

— Claro que se vê, é só subir. E depois, um horizonte conquistado com dificuldade é muito mais horizonte do que aquele que se oferece sem nenhum desafio.

— O mar também tem seus desafios.

— Os que a meteorologia impõe: tempestades, tufões. Na montanha é diferente, é a gente que decide se enfrentar. Poderia ficar em casa, mas decide subir.

— Acha que com o mar não é assim também? A gente poderia ficar na praia, mas escolhe descobrir o que o horizonte esconde.

— Você é um sujeito um pouco horizontal demais — disse-me.

— E você, vertical demais.

Ficamos em silêncio, você pegou minha mão.

Do abeto sob o qual estávamos sentados caíam pequenas escamas, como neve, e entre os ramos havia esquilos roendo pinhas.

A segunda vez que a vi foi perto de Ca' Foscari. Você estava de botas amarelas de borracha e um chapéu impermeável da mesma cor. Seu rosto se escondia sob a ampla viseira e, se você não tivesse me chamado, eu não a teria reconhecido.

— Capitão!

Virei-me.

— Lembra-se de mim?

— Então não se suicidou!

O leve silêncio do constrangimento desceu entre nós.

— Parou de chover — observei.

Você tirou o chapéu, e sobre seu rosto caiu uma cascata de caracóis.

— Não tinha percebido. Odeio guarda-chuvas.

— Eu também — respondi e, após essa afirmação, ouvi minha voz dizer: — Posso lhe oferecer um café?

Imediatamente me arrependi da proposta. Esperava que você recusasse, mas, em vez disso, aceitou com certo entusiasmo.

Sentados à mesa de um café, perguntei:

— Como conseguiu me reconhecer à paisana?

— Sou boa fisionomista — você respondeu, percorrendo o menu.

Apesar de ser de manhã, você pediu uma taça de vinho tinto, enquanto eu me limitei a um café. Você começou a falar com desembaraço, talvez por efeito da bebida. A viagem à Grécia tinha sido para comemorar o fim do segundo ciclo. Tinha tirado o diploma do liceu clássico em julho e agora estava começando a frequentar a universidade.

— Se era para comemorar, por que estava tão triste na volta?

— Porque alguma coisa tinha corrido mal. Nem todos são o que parecem.

De repente você mudou de assunto.

— O senhor cursou a universidade?

— Gostaria, mas não cursei. Queria ser independente de meus pais, no entanto...

— No entanto?

— No entanto, se tivesse de escolher hoje, faria filosofia...

— Por quê?

— Porque gosto de questionar as coisas... Talvez seja normal quando a gente passa tanto tempo sozinho debaixo do céu estrelado.

Você ficou um pouco absorta, depois disse:

— Capitão, ainda não nos apresentamos!

— Meu nome é Andrea — disse eu.

— Edith.

— Podia me tratar por você, não acha?

— Claro, sem farda é mais fácil.

— Uma jaqueta azul lhe causa tanta impressão?

— É o que está dentro.

— Dentro estou eu.

— Eu não estava falando de você, me referia à ideologia militarista.

— Mas eu sou civil, conduzo ferries, não contratorpedeiros! Nunca conseguiria pegar numa arma e disparar.

Você deu um pequeno suspiro.

— Ainda bem, porque sou pacifista. De qualquer modo, por princípio, não gosto que alguém diga aos outros o que devem fazer.

— O navio fica à deriva se ninguém der ordens.

Pela expressão de seu rosto, percebi que minha frase a contrariou.

— Seja como for — acrescentei, pagando a conta —, não temos de nos casar.

Seu rosto se iluminou novamente.

— Ah, é.

— Mora em Veneza? — perguntei mais tarde, indo com você em direção à universidade.

— Quem me dera! Vou e venho entre aqui e Mestre.

— Até logo, então — despedi-me na porta da faculdade.

— Até logo, Capitão — você respondeu, desaparecendo atrás do portal.

No dia seguinte, embarquei para o Pireu. Era outubro e, à parte alguns grupos esparsos de passageiros do Norte da Europa, os turistas tinham desaparecido, dando lugar aos caminhões.

Parti tranquilo, mas já no segundo dia de navegação, quando estávamos no meio do Adriático, acordei de mau humor sem razão aparente. Inicialmente pensei num sonho ruim, mas, no fim da tarde, deixando meu turno, percebi que continuava de mau humor. O sol acabava de se pôr, deixando seu brilho laranja por alguns instantes na superfície da água.

O que havia na minha vida que não ia bem?

Objetivamente, nada.

O que era então aquela inquietação, que bicho era aquele que começava a me roer? Virei-me e revirei-me na cama antes de conseguir pegar no sono. Que bobagem não lhe ter pedido o número de telefone, um endereço, nada. Na manhã seguinte, estava perfeitamente consciente de que no grande e até então perfeito quebra-cabeça de minha vida faltava uma peça.

Essa peça era você.

# 6
# A natureza oculta da pedra

De quantas camadas é feita a vida?

De uma, duas, dez, cem?

Uma vez, durante uma das nossas idas a Cortina, olhando para o Alpe di Fanes, você observou que, no fundo, não somos diferentes das montanhas, que antes não existiam e agora existem. Na base da existência delas muitas vezes há uma erupção, fogo que sai da terra e esfria. Olhando para elas, entendemos o caminho da Terra. O recife de coral transformou-se num pico nevado, outrora havia peixes e agora há íbices. Nossa vida também está sujeita a contínuas mudanças. Contínuas e misteriosas. As rochas e as montanhas se movem segundo leis precisas e conhecidas, enquanto, no que diz respeito à nossa vida, tateamos no caos.

Voltando ao vale, naquele dia, lembrei-me da história dos Reis Magos, que eu tinha lido na infância. Sim, por trás da fria inércia das coisas, sempre estava escondido o fogo. Afinal, o que é a Terra senão uma nuvem gasosa solidificada ao redor de uma bola de fogo? Montanhas, recifes, planícies, colinas: tudo, afinal, descende de milhões de anos de erupções vulcânicas.

Seria presunçoso pensar que estamos excluídos dessa dimensão. E talvez as vidas opacas, as vidas recolhidas em si mesmas, decorram de terem esquecido a natureza oculta da pedra.

Naquele dia, sentados em silêncio, observando suas faces acaloradas, seu olhar cheio de luz naquele momento, percebi que a insatisfação que tinha me assaltado tantos anos antes, enquanto navegava para o Pireu, era precisamente isso. Na minha vida, cada peça estava em ordem, mas essa ordem estava imersa na luz monótona e mortiça de quem vive os dias longe do fogo.

De volta do Pireu, comecei a procurá-la.

Antes dos celulares, encontrar a pessoa desejada dependia de teimosia e sorte.

No tempo livre, passeava continuamente ao redor da universidade.

Era a única pista que eu tinha.

Depois de um mês de decepção frustrante, finalmente encontrei: você estava com um grupo de colegas, escrevendo um grande cartaz. Cumprimentei-a com muito entusiasmo, você respondeu com um aceno de cabeça.

— O que é isso? — perguntei.

— Um dazibao — explicou, sem levantar o olhar do trabalho.

— Você conhece? — perguntou-lhe um colega barbudo, envolvendo-a com o braço.

— Mais ou menos — você resmungou com um gesto de indiferença.

Era culpa da farda?

— Bom trabalho — disse-lhe eu, afastando-me a passos largos, sem me voltar para olhar.

Não tinha passado pela minha cabeça que o lugar a seu lado já pudesse estar ocupado. Tinha esquecido que o fogo, além de iluminar e aquecer, também tem o poder de destruir.

***

Há certos dias em que a ausência de nuvens cria grande paz interior, e outros em que o céu limpo pode provocar uma euforia estranha. Sob um céu radiante, as coisas se revelam como realmente são; a única sombra que possuem é a projetada por seus corpos em relação ao sol. No entanto, há momentos na vida em que essa claridade desapiedada fere nossa parte mais secreta.

Na juventude, os dias meteorologicamente mais bonitos provocavam uma raiva furiosa em você.

— Não percebem que é uma fraude? — disse-me num de nossos primeiros passeios, ao passarmos por algumas pessoas que curtiam o sol. — Não percebem que o que aparece não é realidade?

— Qual seria a realidade?

— A realidade é que o mundo é dominado pela Sombra. É ela que devora tudo.

Durante todo o resto do inverno e da primavera, não fiz outra coisa senão tentar esquecer você. No fundo, nos momentos de fragilidade, eu me repetia: o que aconteceu? Absolutamente nada. Na primeira vez, você foi detestável; na segunda, fui simplesmente educado, porque a educação era uma parte irrenunciável de minha natureza. Na terceira, você foi fria.

Só isso.

Aquela agitação, aquele desejo obsessivo de procurá-la não passaram de uma forma de empolgação infantil. Será que eu precisava gastar energia daquela maneira, correndo atrás de uma pessoa que não se importava nada comigo e com a qual, provavelmente, nunca iria me dar bem?

De jeito nenhum.

Além disso, mesmo que você tivesse dito que sim, que sentido teria?

Fazia três anos que eu estava noivo de uma moça que me amava e que eu amava. Nas noites de insônia, pensando e revirando-me na cama, tomei a decisão que daria nova serenidade à minha vida. Em breve, pediria Erica em casamento, e antes do verão daríamos o grande passo. Já estava entrando na casa dos trinta, e trinta anos para um homem é o tempo certo de encerrar definitivamente a fase da juventude.

# 7
# O jardim

Esta noite, o vento varreu as nuvens e deixou de presente o primeiro ar penetrante do outono. No jardim, o mistral derrubou uma cerca, e alguns regadores voaram para diversos pontos do gramado.

Por sorte, as colmeias ainda estão de pé. O que mais receio é que elas eventualmente caiam, com a consequente cena assustadora de milhares de insetos furiosos girando pelo jardim. Pensamento que talvez seja um desejo. Quem sabe se nesses meses de abandono não morreram todas.

Seja como for, eu me aproximei com a devida cautela, para tentar entender se as colmeias ainda estavam habitadas. Depois de alguns instantes, apareceu um par de abelhas na rampa de voo vazia; pareciam indecisas, hesitantes, como se estivessem avaliando algo: será que vale a pena sair ou não? Depois levantaram voo sem muita convicção.

Para onde vão?, perguntei-me, já que não havia nenhuma flor por perto, mas não soube responder. O fato de as abelhas não estarem mortas nem terem migrado para lugar melhor me dava certa ansiedade.

O que deverei fazer com a chegada da primavera, perguntei-me, quando ficarem zumbindo pelo jardim sem nenhum controle? Ah, controle. Mas de que controle as abelhas precisam? Não posso simplesmente ir para o jardim dirigir o trânsito como um guarda: por aqui sim, por ali não, circular, por favor, circular. Poderia dá-las a alguém, pensei, mas não me ocorreu ninguém que pudesse aceitar com alegria esse tipo de presente.

Nos meses de abandono, o mato cresceu amarelado, curvado pela chuva e pelo vento. Olhei à minha volta. Na verdade, o jardim inteiro estava num estado de abandono e desolação.

Se uma casa descuidada entristece, o que dizer de um jardim entregue a si mesmo? A casa é o reino do humano, enquanto, do lado de fora, em pouco tempo a natureza começa a mostrar sua invencível força de conquista.

Afinal, o que é um jardim senão um exercício obsessivo de nossa vontade? Queremos que as tulipas cresçam em determinado lugar, mas, provavelmente, elas não gostam nada daquele lugar e, assim que podem, deslocam-se de modo misterioso para uma zona mais adequada. Podamos os arbustos, as glicínias, a primavera, para lhes impor um formato, para que floresçam com mais vigor, enfim domamos as plantas, mas elas talvez não queiram ser domadas. Uma glicínia não cuidada, assim que pode, foge da pérgula e vai se encarapitar no topo de uma árvore. A mesma coisa faz a primavera: se as condições forem ideais, ela sobe, avoluma-se, expande-se e, em breve, alcança o telhado da casa. A jardinagem nada mais é que uma forma extrema de doma: assim que o domador se distrai, a energia do ser vivo assume o controle.

Observando a relva amarela, os ramos caídos, os emaranhados das roseiras e dos arbustos que plantei, não consigo ter sensação de harmonia. A ideia de que a natureza é sábia em si mesma e de que produz harmonia espontaneamente me parece de todo falaciosa diante da tristeza de nosso jardim inculto. A continuar assim, as ervas daninhas vão conquistar espaços cada vez maiores, enfiar-se nos muros e entre os ladrilhos do piso que rodeia a casa; em breve, a força de suas raízes os arrancará todos, enquanto os arbustos se expandirão em todas as direções, as trepadeiras se enroscarão em todos os apoios possíveis; graças ao vento e aos pássaros, em breve a sarça também se fará presente e, com sua força primitiva e obstinada, colonizará cada parte do jardim com emaranhados intrincados e ouriçados de espinhos. Invadida a área externa, ela rapidamente tomará posse de cada espaço, entrando por vidros partidos ou frestas de porta: em resumo, as condições da casa quando a compramos. Onde agora está a cozinha, crescia, com certa intrepidez, um pinheiro. Foi nossa chegada, o projeto de nossa vida, que trouxe a ordem de volta. Até que ponto era artificial a nossa intervenção ou, mais ainda, a crença de que a força da natureza seria capaz de criar harmonia, sempre e em qualquer circunstância?

Desde que nos mudamos para a ilha, discutimos esse assunto em várias ocasiões e, pela primeira vez, estávamos de acordo. A ideia da sabedoria autogeradora da terra só poderia se impor numa época em que a maioria das pessoas já vivesse em ambientes artificiais. Quando o homem precisava lutar com a terra para obter comida e sobrevivência, a ninguém jamais havia ocorrido a ideia da bondade inata da natureza, era o que você repetia com frequência.

No início, eu relutava bastante em cuidar do jardim. Além de manter o gramado em ordem — "Todos vocês, homens, têm uma roçadeira na cabeça", dizia você —, eu não me considerava capaz de fazer mais nada. Foi você que me incentivou, consultando catálogos de correspondência e sites especializados.

— Não acha que estas flores ficariam bem naquele cantinho junto ao muro? — perguntava-me. — E se comprássemos uma romãzeira?

— Por que exatamente uma romãzeira?

— Porque nos alegraria em todas as estações.

No início, eu fingia interesse para fazê-la feliz — a terra nunca tinha sido uma de minhas paixões —, mas depois, devagar, comecei a sentir certa satisfação.

No dia em que perguntei: "Não poderíamos pôr um flox naquele canteiro?", você me olhou incrédula.

— Como é que é?

***

Na verdade, meus únicos conhecimentos de jardinagem remontavam à meninice, quando acompanhava minha mãe nos cuidados contínuos que ela dispensava às flores e plantas ao redor da casa. A vastidão do jardim, quase um parque, falava de um tempo em que havia jardineiros. Como eles já não existiam, minha mãe se esforçava por manter um pouco de ordem e decência.

Eu era fascinado por fura-neves, anêmonas, pelos primeiros narcisos; parecia-me um passe de mágica incrível, estando a terra ainda toda recolhida na tristeza do inverno, aparecerem de repente, aos pés das árvores e nos canteiros, as formas esguias e elegantes das anêmonas e dos fura-neves, o amarelo vibrante dos narcisos, prelúdio de um sol e de um calor que estavam por vir.

— Onde estavam antes? — perguntei uma vez à minha mãe.

— São bulbos — respondeu-me ela e, a partir desse dia, para mim os bulbos se tornaram uma espécie de essência misteriosa escondida na terra e capaz de recriar a maravilha a cada primavera.

Foram necessários dois anos para domar o jardim da casa. Num crepúsculo de maio, você se sentou no banco que fica no fundo do gramado e me fez sinal para me sentar a seu lado; o ar estava morno e continha a essência perfumada que só o auge da primavera pode oferecer; na luz transparente daquela hora, dezenas de insetos de todas as formas e tamanhos voavam azafamados ao redor de nós.

Você agarrou minha mão.

— Que bonito! — disse.

— É verdade.

Depois você suspirou.

— Às vezes a beleza é uma arma de dois gumes.

— Em que sentido?

— Porque a gente gostaria de compartilhá-la com seres amados.

— Estou aqui.

— Deveríamos ser quatro.

Você não conseguia se conformar.

— Nunca pude gritar ao Marco: "Tire esse skate da calçadinha!", nem apresentar minhas abelhas a Amy. A gente cuida dos jardins para deixá-los a alguém que virá depois. Em vez disso, vamos morrer, e o jardim, desaparecer.

Envolvi seus ombros com meu braço, apertando-a contra mim.

— A vida pode ser imprevisível. Para o bem e para o mal, tem sempre mais imaginação do que nós.

Nesse instante, um tucano irrompeu no gramado e, com o seu voo pesado e barulhento, encheu o silêncio à nossa volta.

# 8
# Uma névoa densíssima

Há alguns dias, o horário mudou, e eu ainda não me acostumei à rapidez com que a escuridão desce sobre a casa. Isso me lembra o espanto que sentia durante minhas primeiras navegações em direção ao Equador. Ali, diante daquela escuridão que caía sobre a paisagem ao redor com a velocidade de uma velha porta de eclusa, percebi que poder contemplar as nuances do pôr do sol é um privilégio concedido a quem vive na parte mais alta do hemisfério norte. Entre o amarelo e o laranja, entre o laranja e o vermelho, há um número praticamente infinito de gradações, e é a consciência dessa variedade que nos põe a salvo da grande inimiga da vida, a rigidez.

— Eu também fui rígida na juventude — admitiu você uma vez. — Talvez isso seja inevitável enquanto houver muita energia no corpo e muita ignorância na alma.

— Eu nunca fui rígido — objetei.

Você ficou um momento em silêncio, depois concordou.

— Tem razão... No início eu achava que era, mas depois percebi que era simplesmente firme. E entre a firmeza e a rigidez há um abismo.

— Se fosse rígido, não poderia ir atrás de você, perseguir, ter a paciência de esperar.

— Você estava acostumado a ficar na ponte de comando. Mesmo que visse uma tempestade no horizonte, sabia que tinha meios de enfrentá-la.

— Bom, nem sempre... Às vezes até tive medo.

— Claro, mas sabia que sua tarefa era salvar as vidas e os bens que lhe tinham sido confiados, conduzindo o navio ao porto.

— E, em caso contrário, afundar com ele.

— Ter motivo para morrer significa ter motivo para viver... Era o que me faltava. Por isso, fui atrás do primeiro que estava ao meu alcance.

Nosso terceiro encontro, o do dazibao, aconteceu um pouco antes do Natal. Lembro-me de que havia descido sobre Veneza uma cerração muito forte que não levantou seu manto das ruelas durante mais de uma semana. Nos canais mais estreitos, mal se ouvia o regular mergulho dos remos, os barcos passavam lentamente diante das Zattere como enormes fantasmas; no ar algodoado, suas sirenes pareciam o grito de um grande animal sofredor.

Infelizmente, tinha uma semana de férias. O plano era ir visitar minha família e passar as festividades de Natal com ela, mas telefonei à minha mãe para avisá-la de que ia me atrasar uns dias.

Na verdade, estava tomado por uma raiva furiosa e, naquelas condições, não me sentia capaz de ficar fechado na casa de Cormons. Minha mãe não teria deixado de perceber o estado de profunda perturbação em que me encontrava.

Como poderia explicar-lhe?

Conheci uma moça arrogante e não consigo parar de pensar nela?

Para arrefecer a fúria, caminhava a passos rápidos pelas ruelas mais desertas. Caminhando, falava sozinho como os loucos às vezes fazem; percebia que estava escapando de minhas mãos o controle de minha vida. Diante daquela deriva, sentia-me impotente; pensava no barbudo que tinha envolvido seus ombros com uma confiança protetora, e meu único desejo era fazê-lo ir parar no canal com um chute na bunda; depois, ficava zangado comigo mesmo. É possível perder tempo com coisas tão inúteis? Que um estudantezinho qualquer seja capaz de me deixar desarmado e furioso durante dias?

Então, para me acalmar, começava a enumerar todas as coisas positivas de minha vida: gostava de meu trabalho e o desempenhava com dedicação; tinha uma família que, no geral, me proporcionara uma infância serena; tinha um temperamento calmo e a grande sorte de nunca me aborrecer quando sozinho. Ao contrário da maioria dos seres humanos, de fato, a solidão não me amedrontava; pelo contrário, eu a procurava porque me possibilitava refletir sobre a escuridão da noite e a dádiva das estrelas, sobre o mistério em que todos nós, seres vivos, estamos constantemente envoltos.

Por último, mas não menos importante, havia três anos estava noivo de uma ex-colega da escola secundária, a Erica. Parecia-me a pessoa certa para passar o resto da vida. Era licenciada em Pedagogia, mas, como gostava muito de crianças, decidiu ser professora do ensino fundamental. Fazia alguns anos que lecionava em Portogruaro. Quando eu não estava de serviço, ia vê-la com regularidade, ou era ela que vinha à minha casa em Veneza. Ela gostava de descobrir as partes mais ocultas da cidade, e eu a acompanhava de bom grado. Como ela se encantava com aqueles recantos, eu lhe dera de aniversário uma caixa de aquarelas, e assim, quando o tempo permitia, parávamos para capturar algum ângulo pitoresco; ela pintava com o bloco sobre os joelhos, e eu me sentava ao seu lado, contando-lhe o que tinha feito nas últimas semanas. Muitas vezes voltávamos para minha casa de mãos dadas.

Avaliando racionalmente aqueles elementos, ficava claro que a perturbação por ter encontrado você não passava de paixão efêmera. Evidentemente, na sólida fortaleza de minha vida, em algum ponto que eu desconhecia se abrira uma fresta e, através dessa fresta, infiltrara-se um fogo-fátuo. Mas, justamente, por ser fátuo, meu dever era apagá-lo. Se o computador de bordo ficar avariado, não nos entregamos à deriva, mas usamos o sextante, à espera do conserto.

***

Na véspera de Natal, indo para Cormons de trem, ao atravessar uma paisagem invernal, decidi que estava na hora de recorrer a meu sextante. Durante o jantar, à mesa — além de nós três, estavam meus avós maternos e uma velha tia de meu pai —, anunciei que ia me casar com Erica antes do verão. Ao ouvir a notícia, minha mãe se levantou e me abraçou, meu pai ergueu o copo: "*Prosit!*" e emborcou todo o conteúdo num só trago. A velha tia, que provavelmente não tinha entendido nada, olhava ao redor como um passarinho perdido, enquanto vovó exclamava alegre:

— Vamos ser bisavós!

— O mais depressa possível — respondi, sorrindo, erguendo meu copo e fazendo-o tilintar contra os dos presentes.

Na manhã seguinte, acordei com grande sensação de paz. Tinha feito o que precisava fazer. Os sinos da igreja tocavam festivos para anunciar o nascimento do Salvador. Uma camada de geada aprisionava campos e vinhedos. Enquanto me vestia para ir à missa com meus pais, pensei: em breve o sol a derreterá, e tive a impressão de que meu coração também participava daquele mesmo processo de libertação.

Os meses seguintes foram marcados pela rotina de trabalho e pelos preparativos do grande acontecimento. Para o Dia de São Valentim, convidei Erica para jantar num ótimo restaurante perto de Udine e dei-lhe o anel de noivado. Ao abrir a caixinha, ela corou.

— Esperava este momento há muito tempo — murmurou ao meu ouvido.

— Eu também — e rocei sua face com um beijo.

Minha mãe começou a vir com frequência a Veneza porque não estava convencida de que o apartamento onde eu morava — um estúdio de solteiro — fosse o mais adequado para um casal recém-casado.

— Se tiverem filhos, onde vão colocá-los?

— Não virão logo — rebati.

— E o que você sabe sobre isso? Os filhos vêm quando querem.

— Vou pensar no assunto quando chegar a hora.

— Com o barrigão e todo o resto? Não, é melhor pensar agora.

Começamos a fazer visitas extenuantes a agências imobiliárias. Os apartamentos que nos agradavam eram todos caros demais para meu bolso, os que estavam dentro de minhas possibilidades eram muito pequenos e ruins.

— Melhor ficar onde estou — decidi no final da milésima ronda infrutífera.

— Na minha opinião, devíamos começar a procurar em Mestre, pelo mesmo preço poderíamos até encontrar uma casinha com um jardinzinho. Além disso, para vocês ficaria mais fácil chegar à estação quando fossem nos visitar.

— Mestre não! — exclamei com veemência demais.

Minha mãe me olhou com espanto.

— Por que não?

— Porque não há mar em volta — respondi, e depois mudei abruptamente de assunto.

# 9
# Talvez nunca estejamos prontos

Final de março do mesmo ano.

Uma parede de chuva que parece querer afogar o mundo. Largando o serviço, sigo para casa com uma maleta na mão. Meu único desejo é ficar um pouco quente e em paz; a viagem de volta do Pireu não foi nada agradável. A água que cai em abundância, quase com raiva, nas calçadas e nos canais me obriga a apressar o passo. Mesmo que não haja turistas por perto, meu costume é percorrer as ruelas e as pontes menos conhecidas.

É exatamente na penúltima ponte que avisto algo amarelo. Uma figura sentada, ensimesmada.

Quando me aproximo, ela se levanta de repente.

— Capitão… — murmura.

Vejo em seu rosto as gotas de chuva confundidas com as lágrimas.

Por quantas emoções fui assaltado ao me ver diante de você de repente? Muitas, e todas contraditórias.

Gostaria de ter continuado, com olhar e passadas indiferentes, como se você fosse uma pedra, um tronco, algo inanimado. Gostaria de ter me afastado do caminho com fria gentileza: "Desculpe, estou atrasado", esperando que você se sentisse ferida por aquele distanciamento gelado. Gostaria de fugir, no entanto o estranho calor que sentia subir por meu corpo, aquele leve aumento dos batimentos cardíacos, punham-me diante de uma realidade completamente diferente. Por isso, quando você disse "Andrea?", e nossos olhares se cruzaram, eu simplesmente acenei com a cabeça.

Nesse momento aconteceu o imprevisível, você enlaçou meu pescoço com seus braços e desatou a chorar.

A rendição foi imediata.

— Venha, vamos para um lugar onde possamos conversar — disse eu, dando-lhe o braço.

O lugar era minha casa.

Ofereci-lhe uma muda de roupa, porque as suas estavam encharcadas. No início teimosamente recusadas, mas, quando lhe anunciei que você podia ficar doente, aceitou um agasalho de ginástica meu. Perdida naquela roupa grande demais, você parecia um pintainho saído do ovo antes do tempo.

Onde estava sua arrogância?

Onde estava seu sarcasmo?

Já não conseguia vê-los.

Diante de mim havia apenas uma garota perdida que parecia debater-se num vazio cósmico.

Eu também troquei de roupa e preparei um chá. Além do apito da chaleira, na casa só se ouvia o tamborilar da chuva que caía nos vidros. Compreendi que qualquer palavra seria inútil e enganadora, por isso esperei que você começasse a falar.

— Não se poderia corrigir com um pouco de rum? — perguntou você, soprando a xícara fumegante.

— Claro! Em casa de marinheiro nunca falta rum.

O rum e o chá devolveram cor às suas faces.

— Me abandonou — disse, pousando a xícara no pires.

— Lamento — respondi com falsa indiferença.

O silêncio desceu entre nós. As lágrimas voltaram a brotar de seus olhos.

— Por outra.

— História antiga? — perguntei.

— Desde o liceu.

Na segunda xícara de chá corrigido, você começou a falar. Conheceram-se no final do ginásio, você se sentiu atraída por ele desde a primeira vez que o viu, mas, pelo menos no início, foi atração de mão única. Ele passava por você como se passasse por um poste. Vivia rodeado de fanzocas porque, além de bonito, estava também muito envolvido num movimento de extrema esquerda. Nas assembleias, ninguém falava como ele, e tudo o que fazia estava relacionado com sua paixão pela causa. Havia algo de febril nele, seu olhar estava sempre fixo num horizonte mais distante do que o dos mortais comuns.

— Ivano — disse-me — sabia direitinho o que era o bem e o que era o mal e estava pronto a ensinar isso aos outros. O bem era tudo o que tornava o povo livre, o mal, tudo o que o oprimia e escravizava.

Seu farol era o presidente Mao Tse-tung. Quando ele morreu, na sala úmida onde seu grupo se reunia, ele declamou durante uma semana inteira as máximas do líder chinês. Você foi a duas dessas reuniões, e lá, pela primeira vez, ele notou sua presença. Então, você arranjou *O livro vermelho* e durante os feriados de fim de ano decorou boa parte dele; a prontidão com que respondia, citando o presidente Mao, abriu o coração do rapaz, e na primavera os dois já eram namorados firmes.

Foi por isso, para seguir a paixão dele, que você se inscreveu em Línguas Orientais, para estudar chinês. Na China, de fato, a pobreza, a desigualdade e a injustiça tinham sido derrotadas para sempre, e a todos haviam sido dadas as mesmas oportunidades, motivo de entusiasmo para vocês. Os guardas vermelhos eram um mito, vocês queriam ser como eles e trazer a revolução para dentro de nosso país clerical-fascista.

Naqueles dois anos, confessou-me que viveu por ele e pela ideia de justiça social. Era o que lhe dava forças para enfrentar as longas reuniões noturnas, os turnos acionando o mimeógrafo, os piquetes em frente à petroquímica de Mestre nas manhãs geladas de inverno. Queriam ser as faíscas capazes de desencadear o incêndio que mudaria radicalmente o mundo.

— É bonito ter ideais — comentei sem muita convicção.

— É — você assentiu. — Pena ele depois não ter posto em prática o que dizia. Como éramos companheiros, tínhamos jurado sinceridade absoluta, não deveria haver sombras entre nós.

— No entanto?

— No entanto, ele tinha outra fazia meses.

Um dia você esqueceu a bolsa, voltou à sede e os encontrou num abraço que era quase um ato íntimo. No dia seguinte, tiveram um encontro esclarecedor. Ele explicou que no mundo que viria não haveria espaço para sentimentos tão deploravelmente burgueses como o ciúme: a negatividade da posse não deveria cortar as asas à variedade das relações. "Mas e se eu me envolvesse com outro?", perguntou você após breve silêncio. "Eu ficaria feliz", foi a resposta dele, despedindo-se com um beijo na bochecha.

Essa conversa a deixou transtornada.

Nos meses seguintes, ele foi evasivo, falava com você, mas era como se não estivesse presente; marcava encontros, que depois se esquecia de ter marcado. Após passar tardes inteiras à espera dele, você percebeu que a suposta sinceridade nada mais era que a forma mais elevada de hipocrisia.

— Eu não estava pronta — concluiu, enquanto os olhos voltavam a se umedecer.

— Talvez nunca estejamos prontos.

O sino da igreja próxima bateu oito da noite.

— Que tal comermos alguma coisa?

Você concordou.

— Não sou grande cozinheiro, minha especialidade é massa com molho de tomate.

— De preferência com molho pronto...

— De preferência...

— Bom, não se preocupe, minha especialidade são os rissoles em caixa.

Rimos. E assim, fusilli com molho pronto foi a primeira refeição da nossa vida juntos.

Abri uma garrafa de Cabernet del Collio.

— Venho daí — disse-lhe, enchendo seu copo.

— Percebi pelo sotaque que você não é veneziano!

Então lhe falei brevemente sobre a casa em Cormons e meus pais. Os "quartos de nobreza" fizeram você rir.

— Em que consiste isso?

— Quando fazem exames de sangue, na seringa, no meio do vermelho, aparece sempre uma faixa azul.

Chegamos ao fundo da garrafa. Lá fora, a chuva continuava a cair.

— Como é que você vai para Mestre? — perguntei. — Quer ficar e dormir aqui?

Você olhou ao redor, perdida. Era evidente que só havia uma cama na casa.

— Não, é melhor ir.

— Tem certeza?

— Não.

— Então fica?

— Só se ficar claro o seguinte: você me dá um cobertor, e eu durmo nesta poltrona da cozinha.

— Não, é exatamente o contrário. Eu fico aqui e você dorme na minha cama.

Você ficou em silêncio. Depois me perguntou:

— Sem pensamentos estranhos?

— Sem nenhum pensamento estranho — tranquilizei-a.

Dei-lhe uma toalha limpa e, antes de você entrar no banheiro, escondi a escova de dentes da Erica. Você se enfiou debaixo dos lençóis com o meu velho agasalho de ginástica e logo fechou os olhos, como se esperasse há muito tempo aquele momento.

— Quer que leia alguma coisa para você? — perguntei.

Você assentiu, e assim peguei um exemplar de *Il Milione*, abri ao acaso e, no silêncio da casa, comecei a contar as maravilhas de Baudac e de suas montanhas.

# 10
# O capote

Até que ponto, na vida, somos peões inconscientes de um jogo maior que nós? Às sete, soou, lúgubre, entre as ruelas a sirene que anunciava água alta. Eu já estava acordado — a noite na poltrona tinha me concedido apenas fragmentos de sono —, ao passo que você ainda dormia profundamente. Botei a cabeça pela janela para verificar a situação e, quando você abriu os olhos, eu disse:

— Somos prisioneiros da água.

Por um instante, você olhou ao redor com expressão desorientada. Estaria saindo de um pesadelo? Ou o excesso de Cabernet da noite anterior a fizera esquecer o motivo de estar em minha cama?

— Vou preparar o café da manhã — anunciei.

Assim que ouviu o borbulhar da cafeteira, você apareceu na porta da cozinha.

— Sou sua prisioneira! — exclamou.

— É.

E eu não sabia se devia me alegrar ou preocupar.

— O que os prisioneiros fazem? — perguntou, mergulhando um triste biscoito no café.

— Depende. Ou tentam fugir ou matam o tempo.

Você olhou pela janela.

— Quer fugir?

Você balançou a cabeça.

— Então temos de encontrar um jeito de matar o tempo.

— Televisão não!

— Não funciona mesmo — tranquilizei-a. — Cartas?

— Detesto.

— Então vamos tentar ficar em silêncio ouvindo a chuva.

Você se sentou na poltrona, e eu, numa cadeira à sua frente.

— Seria bom se houvesse uma lareira — você disse.

Depois, diante daquelas chamas imaginárias, sem que eu fizesse qualquer pergunta, começou a falar algo de você, de sua vida.

Atrás do desespero por causa do fim do relacionamento com Ivano, havia outro desespero, muito maior. Você era filha única, confidenciou-me, sua mãe era professora de escola secundária, e seu pai, um químico que trabalhava em Marghera.

Moravam numa daquelas casas quadradas com um pouco de jardim em volta, construídas no início do boom econômico. Tinha sido comprada por seu pai, que se endividara durante anos, no mesmo dia em que se tornara noivo de sua mãe. "Supõe-se que estavam apaixonados", observou com uma ponta de sarcasmo. Você nasceu dois anos depois do casamento.

Uma de suas primeiras lembranças era uma corrida de triciclo na faixa de cimento ao redor da casa; a certa altura, a roda saiu da calçadinha, e você caiu com triciclo e tudo; o tempo que ficou ali sozinha, chorando, no cascalho, pareceu eterno.

— Eu era feliz — disse —, tão feliz e, de repente, tudo acabou. Chegou a dor.

Quando, finalmente, seu pai chegou e a pegou no colo, seu corpo estava tremendo com soluços. Ele verificou braços, pernas e cabeça, para ver se havia algum ferimento, e não encontrou nada. "Não aconteceu nada, calma", garantiu ele. Mas as palavras dele não tiveram efeito.

— Eu chorava porque tinha percebido o grande engodo da vida — concluiu, encolhendo-se na poltrona.

Nesse instante, seus olhos se tornaram extremamente límpidos, neles havia uma transparência e uma variedade de cores cambiantes, sempre suspensas entre o azul e o verde, que me lembravam certos fundos de mar em torno das Ilhas Kornati.

— Que engodo?

— A felicidade é uma quimera.

— Nem sempre.

— O sábio nunca cai nessa ilusão.

Eu gostaria de objetar que é triste viver assim, mas não quis interromper o fluxo libertador de suas palavras.

Você tivera uma vida normalíssima de menina pequeno-burguesa dos anos sessenta: os vestidinhos franzidos casinha de abelha para as grandes ocasiões, o almoço de domingo na casa dos avós em Noale, com o restante da família, a primeira comunhão e a hipócrita frequência à igreja, os sonhos de um futuro radioso que os pais depositavam quase obsessivamente sobre seus ombros. Mesmo detestando, você frequentou uma escola de dança. Da dança passou ao piano, também de má vontade. Estava programado um irmãozinho, um menino para criar um binômio perfeito, mas ele demorava a chegar.

Depois, em vez do irmãozinho, chegou a morte.

Quando a porta da sala de aula se abriu de repente, e a diretora pronunciou seu nome com ar sério, você percebeu logo que algo terrível tinha acontecido, e que esse algo lhe dizia respeito. Um caminhão desgovernado tinha invadido uma faixa no anel rodoviário, atingindo em cheio o carro de seu pai.

Três dias depois, os funerais. A igreja estava cheia de parentes e colegas. Você, ao lado de sua mãe, petrificada. No final, todos os presentes, passando por você, acariciavam sua cabeça. Você não suportava aquilo e começou a gritar.

Depois de uma semana, a polícia devolveu os objetos pessoais encontrados no carro. Durante mais de um mês, aquele saco plástico ficou no sofá onde seu pai costumava se sentar; depois, uma tarde, veio a melhor amiga de sua mãe e, juntas, o abriram.

Você se lembrava perfeitamente do silêncio que desceu na sala quando a amiga tirou de dentro do saco um casaco cor de ameixa com gola de pele de coelho. Sua mãe o pegou, virando-o e revirando-o, cheirou a pele em busca de um odor e, com o olhar perdido num mundo distante, disse apenas: "Não é meu."

A partir daquele momento, essa frase lapidar ficou suspensa no meio da sala. A convivência entre sua mãe, seu pai e você transformara-se assim na convivência entre sua mãe, você e o casaco.

Ela investigou entre amigos, parentes, colegas, entre as pessoas que o tinham visto por último, mas ninguém soube dizer uma palavra sobre a origem daquela roupa. Era uma peça feminina, disso não havia dúvida, mas a identidade da proprietária permanecia nas sombras. "Alguém deve ser louco para viajar com um casaco" era o mantra que sua mãe continuava a repetir na solidão silenciosa da casa. Ou talvez, no casaco, tivesse estado alguém que não havia morrido no acidente.

Só alguns anos depois, no final do segundo ciclo do ensino fundamental, você percebeu que sua mãe tinha se tornado prisioneira do álcool. Ou falava pelos cotovelos ou não falava nada; com suas palavras lhe impunha silêncio ou deixava cair no vazio as que você dizia; tinha ficado desleixada, e o desleixo se difundira do corpo dela para a casa. Ia com frequência ao cemitério, como se tivesse a esperança de que a lápide pudesse lhe dar uma resposta. Com o tempo, convenceu-se de que tinha vivido anos ao lado de um desconhecido, e de que aquele desconhecido era um monstro.

— Assim — continuou você —, com treze anos fui obrigada a me tornar mãe da minha mãe e a arquivar a dor pela perda de meu pai num lugar impossível de alcançar. O sonho radioso de meu futuro tinha se despedaçado, e eu, com minha presença, permaneci ali, testemunhando isso.

***

Você dormiu mais uma noite em minha casa, e eu, de novo, me arranjei na poltrona. Como o macarrão acabara, preparei sanduíches de pão torrado para o almoço; tinha acabado de voltar do Pireu, e aquele encontro inesperado me surpreendera com a geladeira vazia. Por sorte, ainda tinha algumas garrafas de vinho trazidas de Cormons.

Falamos mais sobre sua família.

— Como é possível um simples casaco devastar uma vida? — perguntei.

— Não sei, talvez minha mãe já tivesse algum grilo, alguma coisa que a corroía por algum motivo.

Você suspirou:

— É mais ou menos como se na cabeça das pessoas houvesse um botão, não acontece nada até alguém apertar esse botão. O de minha mãe era o ciúme.

— Mas e seu pai?

— Não sei, não acredito... Essas são coisas que as crianças não têm condições de entender. Ele vivia entre a casa e o trabalho. Tinha feito o serviço militar na corporação dos alpinos e uma vez por semana ia cantar no coro da associação. É certeza que lá não havia mulheres. Muitas vezes, aos domingos, organizávamos excursões. Ele era apaixonado por fósseis e sempre me levava em suas explorações. Minha mãe nos esperava no vale com as coisas preparadas para o piquenique, e nós subíamos em direção às rochas com bolsa musette e martelinhos... Para mim era uma festa, parecia que ia a uma caça ao tesouro. Quando ele encontrava algo, eu batia palmas de felicidade.

Nesse momento, nossos rostos estavam muito próximos, mas nada aconteceu. As molas da poltrona rangeram quando você deixou a cabeça cair para trás com um suspiro.

— Felicidade... amor... — sussurrou, e sua expressão era um misto de espanto e amargura. — Enchemos a boca com essas palavras, mas vai saber se existem de verdade.

Estava para sair um "sim" de meus lábios, mas felizmente me contive. Esse "sim" poderia destruir toda a intimidade que tínhamos construído até aquele momento como um castelo de cartas roçado por uma corrente de ar.

— Na verdade, a lembrança dos passeios com seu pai na montanha me parece cheia de amor.

— Você acha?

Sua voz abandonou o taxativo da adolescência e se transformou no hesitante da criança. Depois, de repente, você voltou a ser adulta.

— Talvez sejam apenas requebros sentimentais.

Por um instante, achei que essa expressão fosse coisa de Ivano.

— O que quer dizer com requebros?

— Sei lá, coisa que a gente faz porque precisa fazer, convicções que devem ser respeitadas, para ser como os outros, mas, se você cavar, vai perceber que não há nada.

— Nada?

Você ficou um pouco pensativa.

— Nada não... Na verdade, esse nada tem um nome, chama-se conformismo.

— Parece nada o que você sentia por seu pai?

Seus lábios tremeram.

— Não... Mas ele me deixou.

— Acho que não era essa a intenção dele — disse, tocando sua mão. — Ninguém gosta de deixar a vida. Muito menos se tem uma filha pequena.

Ficamos assim um pouco, com sua mão entre as minhas. Lá fora tinha parado de chover, um tímido raio de sol criava uma mancha de luz na parede.

— Está na hora de nos aquecermos — disse, levantando-me para ir buscar uma garrafa de vinho. Lidei com o saca-rolha mais tempo do que o necessário, às minhas costas ouvia leves suspiros que me faziam supor que você estava chorando. Não queria surpreendê-la num momento de fraqueza. Para ganhar tempo, procurei taças, lavei-as com cuidado, apesar de não precisarem, peguei uma bandeja para arrumá-las, depois entrei na sala.

— *Et voilà!* — disse, virando-me para você.

— Acho que estou ficando resfriada — você sussurrou, assoando o nariz. Seus olhos estavam ligeiramente avermelhados.

— Com essa umidade…

Enchi uma taça e voltei a me sentar na cadeira de frente para você. As taças se tocaram.

— Tchin tchin! — você esboçou um sorriso.

— A que brindamos?

Você bebeu um gole, depois olhou para mim.

— Ao nosso encontro.

Naquela noite, antes de me acomodar na poltrona, meus lábios tocaram suas faces num casto beijo de boa-noite.

Na manhã seguinte, o sol brilhava, e a água começava a se retirar da cidade. Mesmo assim, insisti em lhe dar um velho par de botas de borracha. Era sábado, eu a acompanhei até o topo da escada da estação.

— Vou devolver — você disse, apontando para as botas.

— Não se preocupe, tenho um par de reserva.

Você desapareceu, engolida pela multidão de turistas que seguiam em sentido contrário, perdida naquelas botas grandes demais, como se fosse uma personagem saída de um conto de fadas.

Naquela mesma noite, parti de novo para o Pireu.

Aquela viagem, que eu fazia já havia uns bons anos sem sentir um pingo de tédio, de repente parecia insuportável.

Tudo me irritava, tudo me incomodava.

Quando fomos forçados a enfrentar uma tremenda tempestade, na altura do canal de Otranto, fiquei contente. Pelo menos podia lutar contra algo que estava fora de mim.

Eu não tinha nenhuma fotografia sua, nenhuma imagem de você, a não ser em minha memória. No final do turno, evitava a companhia dos colegas e me recolhia à cabine. "Edith", repetia sem parar, como se pronunciar seu nome pudesse fazer você se materializar.

Acordava de madrugada, atormentado por dúvidas. E se tivesse sido apenas ilusão? Tínhamos dez anos de diferença, e você, no fundo, não passava de uma mocinha desorientada. Naquele dia se agarrou a mim como quem se agarra à primeira boia quando corre o risco de se afogar. Eu servira principalmente para dissipar a desilusão de sua primeira história amorosa de adolescente.

Só isso.

Estava evidente, também, que você era uma pessoa problemática. Quando tudo em minha vida corria da melhor maneira possível, que necessidade havia de introduzir uma encrenca dessas em meus dias? Eu não era psicólogo nem assistente social. Dormia sonos curtos, atravessados por sonhos inquietantes.

— Algo errado? — perguntou-me um colega, na volta. — Em todos os anos que nos conhecemos, nunca vi você tão estranho.

— Sei lá — respondi.

Então o rosto dele se iluminou e, dando-me uma palmada nas costas, disse:

— Claro! É o casamento! Ninguém se fecha numa jaula de bom humor.

Esforcei-me por sorrir:

— Ah, é mesmo.

Na verdade, naqueles dias eu tinha pensado em tudo, menos no casamento. Na noite anterior ao desembarque em Veneza, afastando os cobertores com irritação, percebi que o que me feria era a incandescência das coisas à minha volta. Era como se a ponte de comando já não fosse ponte de comando, os lençóis já não fossem lençóis, como se todos os objetos que me rodeavam, em vez de estarem presentes em sua materialidade concreta, tivessem se transformado numa única, fluida e esbraseante lava. Homem do mar, diante daquele fogo, eu me sentia impotente.

Assim que desembarquei, dirigi-me com passos quase furiosos para casa.

Foi você que me deteve.

Apareceu na minha frente de repente, segurando um saco com minhas botas. Foi você quem correu primeiro para me abraçar, murmurando ao meu ouvido:

— Pensamentos estranhos...

# 11
# Do que é feito o céu?

Durante alguns dias, fiquei fora da ilha.

Enquanto o ferryboat se afastava da costa, por um instante pensei que, no fundo, nada me impedia de deixá-la para sempre. Por que eu deveria permanecer ligado a esta fortaleza de lembranças?

Em minhas mãos, o jardinzinho em breve se transformaria num espaço inculto. Tudo o que sonhamos juntos tinha sido, justamente, juntos. Sozinho, eu não tinha energia, imaginação e vontade suficientes para me pôr em movimento e fazer as coisas que você fazia.

Nos últimos dias, passando diante do espelho, notei um decaimento na minha postura; percebi que, em vez de me sentar com as costas retas no sofá, sempre pronto a ficar em pé num salto, comecei a me curvar, a adotar uma posição encolhida. Pela primeira vez, intuí o que significava envelhecer.

Desde que sua voz e seus passos deixaram de ecoar na casa, comecei a descuidar de mim. É difícil existir quando não nos espelhamos no olhar do outro. Para os homens, talvez mais do que para as mulheres. Nós, homens, temos menos recursos; entregues a nós mesmos, somos como barcos sem atracadouro. “Nunca estamos prontos”, eu lhe disse ao comentar a morte súbita de seu pai.

Nunca estamos realmente prontos.

Pode haver uma verdade maior? Entre o que a mente sabe e o que o coração não consegue aceitar, abre-se um abismo impossível de preencher.

Quando já se avistavam os cais do porto de chegada, não pude deixar de me perguntar como você se comportaria se acontecesse o inverso. Às vezes falávamos sobre isso. Eu era dez anos mais velho que você, e os homens vivem, em média, menos tempo. Imaginávamos que você seria quem se encontraria nesta situação.

— O que você faria? — perguntei quando estávamos sentados no nosso banco no fundo do gramado.

Você ficou absorta.

— Venderia a casa?

Olhou-me estupefata:

— Não me passaria pela cabeça.

Depois deu uma daquelas suas risadinhas:

— Se te odiasse, claro, venderia e fugiria para milhares de milhas de distância das lembranças.

— Depois de trinta anos, é bom saber que pelo menos não me odeia — comentei, para entrar no jogo.

— Não me lembro da razão pela qual deveria odiar você.

— Pela minha obtusa previsibilidade masculina.

Fabio estava à minha espera no porto. Pediu-me que o acompanhasse num giro pelo interior, à procura de um restaurante ou de um agroturismo onde pudesse organizar o almoço de casamento da filha.

— Como vai? — perguntou-me ao sairmos do estacionamento do porto.

— Indo.

— Tem certeza de que quer ficar lá? Tenho medo de que esteja sozinho demais.

— Isso é.

— Continua pensando nela?

— O que mais poderia fazer?

— Talvez pudesse viajar por um tempo... Com sua experiência, levaria um dia para encontrar um embarque.

— Sim, pensei nisso, mas...

— Mas?...

— ... teria a impressão de a estar traindo.

— A Edith só gostaria que você fosse feliz.

— Neste momento, já não sei o que poderia me fazer feliz — disse eu, balançando a cabeça. — Além disso, há um tempo para cada coisa, e agora já não é tempo de ir para o mar.

— É tempo de quê, então?

— Não sei, não consigo entender.

Visitamos três ou quatro restaurantes e depois voltamos para jantar naquele que nos parecia mais adequado.

— Notícias da Amy? — perguntou, enquanto esperava a conta.

— Não, nenhuma...

Dois dias depois, voltei para a ilha.

Caía uma chuva irritantemente leve.

Ao abrir a porta, fui assaltado por aquele cheiro de umidade que as casas têm quando não são aquecidas há dias. Você não gostaria que eu me entregasse; eu também não gostaria, o desleixo não faz parte de meu caráter. E, pondo pellets de madeira na estufa, fiquei pensando que na vida talvez seja preciso também aceitar a chegada repentina de um tsunami que nos atinge pelas costas. A gente não o viu, não ouviu nenhum alarme: de repente, a sombra dele se sobrepõe a nós, a força dele nos arrebata sem nos dar tempo de tomar consciência; arranca-nos de nosso mundo, arrasta-nos para longe, junto com carros, árvores, mesas, telhados de casas.

Se foi isso que aconteceu realmente, eu devia encontrar algo para me agarrar. Depois do impacto inicial, a água estava me sugando em direção ao mar aberto. Ali, no meio das correntezas, eu me transformaria num dos destroços, entre outros. Era isso que eu precisava impedir.

Por onde começar?

Pela organização material, claro.

Mas e depois?

A tristeza da cama vazia, estender as pernas para o outro lado e encontrar apenas gelo; levantar-se de manhã e ver o travesseiro ao lado perfeitamente esticado.

Antes de adormecer, lembrei-me do balanço que comprei assim que nos mudamos para a ilha. Tinha visto em promoção numa grande loja e não consegui resistir.

Ao voltar para casa, mostrei-o radiante, mas você imediatamente fechou a cara.

— Por que comprou?

— Bom, porque espero que, mais cedo ou mais tarde, haja alguém feliz por usá-lo.

— Dê sumiço nele! — ordenou taxativa e, sem acrescentar mais nada, saiu do aposento.

Muitas vezes pensei em jogá-lo fora, mas na verdade ainda estava lá, numa prateleira alta do quarto de ferramentas. Os aros devem estar enferrujados, pensei, as cordas, podres, depois escorreguei para um sono pesado, aparentemente sem sonhos.

Na segunda vez que você veio a Veneza, ficou três dias. Naqueles três dias, passou uma borracha na vida que eu tinha vivido antes de conhecê-la. Sua presença, a proximidade cada vez mais cúmplice de nossos corpos fizeram o milagre de abrir diante de mim uma porta cuja existência eu ignorava até então.

Ignorava?

Talvez tivesse me esforçado por ignorar.

Havia a realidade. Um homem e uma mulher apaixonados que descobrem seus mundos. Mas a essa realidade somavam-se infinitas outras. A certa altura, achei que você não era muito diferente de Sherazade: o acontecimento mais insignificante desencadeava a necessidade de contar uma história, e essa história quase sempre terminava com uma pergunta. Você me pedia cumplicidade, e eu, desajeitadamente, tentava segui-la.

— O que há acima de nossa cabeça? — perguntava-me enquanto estávamos deitados na cama.

— O teto — eu respondia.

— E acima do teto?

— O senhor do andar de cima.

— E depois?

— E depois há o telhado.

— E acima do telhado?

— O que pode ser? O céu.

— Não é assim tão simples. Do que é feito o céu? De ar?

— De ar. Principalmente nitrogênio e oxigênio.

— Meu pai, quando eu era criança, dizia que a Terra é feita de muitas camadas. O céu também é?

— Mais ou menos. Logo acima de nós está a troposfera.

— O que é isso?

— É onde se formam os fenômenos meteorológicos, as nuvens, a chuva…

— E depois?

— Depois há a tropopausa e, mais acima, a estratosfera.

— O que as diferencia?

— Quanto mais se sobe, mais paz; nada de correntezas, ventos, tempestades.

— Paz — você repetiu, depois ficou um pouco em silêncio, puxando a ponta da orelha.

— Por que faz isso? — perguntei.

— Faço isso desde criança… Acho que é uma maneira de ativar o cérebro…

— Acha que precisa disso? — perguntei, rindo.

— Como se pode viver assim, sem tentar entender as coisas?

Na manhã do terceiro dia, quando você se levantou de modo brusco, dizendo "Está na hora de ir embora", e, sem efusões nem requebros, vestiu o casaco e saiu, o mundo desabou sobre mim. Sherazade tinha partido, e eu fiquei prisioneiro da triste realidade de minha vida.

— Não sei nem onde você mora — disse-lhe quando você já estava na porta.

— Mas eu sei quando você desembarca — respondeu-me e desapareceu com passo leve escada abaixo.

A incandescência que eu tinha sentido na semana anterior ao nosso último encontro tinha dado lugar a uma sensação de sinal contrário. Já não havia fogo ao meu redor, e sim ar, e nesse ar eu estava suspenso. Havia um fio esticado entre mim e o futuro, entre mim e o presente, e sobre esse fio eu era obrigado a caminhar, mas, embora fosse capaz de me equilibrar numa ponte açoitada pelas ondas, não tinha a mesma certeza de saber fazê-lo sobre um fio de aço suspenso no vazio. Enfrentava esse risco porque não tinha alternativa, porque sabia que a única forma de alcançar você era entrar na pele de um equilibrista.

Continuamos assim durante toda a primavera. Você aparecia, desaparecia. Eu nunca sabia se a encontraria no desembarque ou se o seu lugar estaria desoladamente vazio.

— Faz um mês que não nos vemos — observei uma vez, ligeiramente ressentido.

— Eu tinha um exame importante — você respondeu.

Não fazíamos todas as coisas que os apaixonados costumam fazer: sair, ir ao cinema, passear. Com sol ou com chuva, ficávamos sempre fechados em meu estúdio.

— Parece que estou na barriga de uma baleia — você observou uma vez.

Concordei. De fato, o que era aquele quarto na penumbra, aonde o único som que chegava era o da água do canal abaixo, senão o lugar secreto onde estávamos indo ao encontro de uma nova fase de nossa vida, assim como Pinóquio e Gepeto?

No entanto, as semanas iam passando, e diante de mim crescia, dia após dia, um espectro muito maior do que o de Papa-Fogo. O casamento era iminente, e eu parecia ter arquivado o problema. Quando o telefone tocava, só atendia se estivesse sozinho e tivesse certeza de que minha voz não denunciaria nenhum tipo de emoção. Sempre que Erica propunha nos encontrarmos, era eu que ia a Portogruaro.

— Sinto falta dos passeios por Veneza — disse-me muitas vezes, mas eu deixava a frase cair no vazio.

Um dia, mostrou-me fotos de móveis. Olhei-as distraidamente, dizendo:

— Bonitinhos... Mas se poderia encontrar coisa melhor.

A cada encontro eu via a sombra da desilusão em seu rosto, e aquela sombra feria meu coração assim como feria o dela. As palavras silenciadas eram cada vez mais numerosas, como se entre nós houvesse uma finíssima camada de gelo que, uma semana após outra, se tornava mais espessa; o ar fresco que nos envolvera no início transformara-se em geleira, surgira um iceberg; através da água solidificada ainda víamos nossos rostos, mas já não havia possibilidade de encontro entre o calor de nossos corpos.

Há homens capazes de manter várias relações sem nenhum conflito. Eu não pertencia a essa categoria. Gostava profundamente de Erica e a última coisa que desejava no mundo era feri-la. Minha vida tinha dado uma guinada inesperada, e dessa guinada ela não tinha culpa. Era eu que tinha decidido bancar o equilibrista, não Erica. Cada passo era suspenso, e a cada passo eu poderia cair no vazio.

Que garantias você me dava?

Nenhuma.

Que garantias Erica me dava?

Todas.

Infelizmente, é difícil que a vida dos seres humanos se encerre na serenidade de uma soma. Aliás, muitas vezes, por razões misteriosas, nós nos sentimos fatalmente atraídos pela força da subtração.

Enquanto isso, minha mãe pressionava com os preparativos. Na última vez que a visitei, suas tarefas estavam bem avançadas, e ela me mostrava, numa revista, alguns modelos de roupinhas de tricô em que passaria a trabalhar assim que um neto aparecesse no horizonte.

Eu não podia demorar mais.

Em meados de maio, num fim de semana em que estávamos ambos em Cormons, convidei Erica para jantar num restaurante das colinas. Comemos ao ar livre, debaixo de duas tílias majestosas em flor; acima de nossa cabeça havia um frenético vaivém de insetos.

Quando a escuridão desceu, desceu também entre nós o silêncio.

Em nossa mesa, protegida por um recipiente de vidro, havia uma vela e, ao lado da vela, um vasinho com uma rosa. Era vermelha, quase bordô, e muito perfumada. Falamos durante todo o jantar sobre assuntos neutros; eu me esforçava para comer com apetite, mas tudo dentro de mim estava paralisado por uma sensação de angústia que crescia a cada minuto. Quando chegou a sobremesa — dois tiramissus triunfantes —, enfiei a colher no mascarpone e disse:

— Preciso falar com você.

Não havia espanto nos olhos de Erica, apenas a calma consciência de quem se encontra diante de um acontecimento há muito temido.

— Fale — respondeu, sem desviar os olhos dos meus.

Não esperava aquela reação, parei hesitante.

Foi ela quem perguntou:

— Existe outra?

Debaixo de meus pés, a corda desapareceu de repente, eu estava caindo no vazio, o ar assobiava em meus ouvidos.

— Outra? Não... — respondi, tentando conter a vermelhidão que sentia subir ao rosto. É difícil mentir quando não se está acostumado. — Não é isso... Na verdade, não me sinto pronto...

— Se não se sente pronto aos trinta anos, quando se sentirá?

— É justamente esse o problema, talvez nunca.

Comecei a falar de minha inquietude, do fato de estar farto de ser um barnabé da linha Veneza-Pireu. Dentro de mim havia uma necessidade de aventura que estava voltando à tona e era incompatível com uma vida familiar serena.

— Eu esperaria, muitos oficiais têm família.

— Mas eu não suportaria saber que você está passando a vida à minha espera.

Erica pousou a mão sobre a minha.

— Estou me sentindo muito confuso.

— Dá para perceber. Mas tem certeza de que viver sem laços importantes a longo prazo é boa coisa?

— Não, não é.

Em vez de olhar para ela, fixei os olhos na pequena chama que dançava entre nós.

— Não posso fazer outra coisa.

— Nunca esperaria isso de você.

— Eu também não.

Nesse exato momento, uma pétala da rosa caiu sobre a toalha.

Terminamos a sobremesa em silêncio. Enquanto esperávamos a conta, entrou um grupo barulhento que festejava uma despedida de solteiro. Pouco antes de entrarmos no carro, no escuro do estacionamento, de repente Erica me abraçou. Ficamos assim um pouco, enquanto atrás de nós chegavam os sons do restaurante; eu sentia o calor de suas lágrimas deslizando pelas faces. Afaguei sua cabeça. Somos como dois náufragos, pensei, e nesse momento seu esterno e todo o seu corpinho foram sacudidos pelo som surdo dos soluços. Ela poderia ter-me dito: "Você é um monstro...", em vez disso murmurou: "Eu te amo e vou te amar sempre."

Naquela noite sonhei que assistia a uma aula de anatomia. Só quando o professor de avental branco afundou o bisturi no tórax, percebi que eu não era um dos estudantes presentes, mas o próprio cadáver estendido no aço. Acordei de péssimo humor, com uma dor de cabeça terrível. Enquanto me barbeava, pensei em Ivano, em seu mito perverso da sinceridade.

Teria sido melhor dizer a Erica: "Tenho outra." Não teria assim colocado um peso enorme sobre seus ombros?

Ela acharia que já não a amo por lhe faltar algo, teria se atormentado por isso, e não seria verdade.

A Erica não faltava realmente nada, ela teria sido esposa e mãe perfeitas. Eu é que tinha sido arrebatado por uma enchente e levado para longe. Ela não tinha responsabilidade alguma, culpa alguma.

Quanto a isso, porém, eu estava muito confuso.

Havia realmente outra?

Você fulgurava e depois parecia sumir atrás de uma cortina de fumaça, e eu tateava na escuridão, à sua procura.

De manhã levei a minha mãe à missa e, depois do almoço, assim que fomos para a sala ver o noticiário, anunciei:

— Erica e eu terminamos.

Minha mãe empalideceu, deixando-se cair pesadamente no sofá.

— Ficou louco?

Meu pai, na poltrona, acendeu seu habitual charuto e declamou:

— *Quod sequitur, fugio, quod fugit ipse sequor.**

---

* Do que me persegue eu fujo, o que me foge eu persigo, Ovídio, *Amores*, II, XIX. [N.T.]

# 12
# Um complicado jogo de espelhos

A primeira ação que realizamos, assim que nos sentimos arrastados à deriva, é procurar um ponto de apoio qualquer: um galho para nos agarrarmos enquanto a correnteza nos leva, ou uma estrela no céu, na qual se possa confiar para reencontrar o caminho de casa.

Esta manhã, quando abri os olhos, a escuridão ainda envolvia o quarto. Fiquei assim encolhido debaixo dos cobertores, esperando que a luz se filtrasse pelas venezianas.

Que horas seriam?

Entre seis e sete. Um fio de luminosidade tênue assomava pelas frestas das janelas; depois, o fio se transformou numa lâmina e iluminou o quarto sem piedade.

Como é que eu não tinha percebido até agora? Os sinais da negligência prolongada demais tinham invadido todos os espaços; assim que me mexia, um pozinho dourado se levantava dos cobertores e ficava flutuando no ar por algum tempo. A poltrona estava coberta por montes de roupas, e no chão rodopiavam esferas pelosas inquietantes. A nuvem lúgubre da entropia começava a tomar posse da casa.

Embora nunca tenha sido maníaca por limpeza, quando a situação ameaçava escapar do controle, você era a primeira a perceber. "Alerta amarelo!", dizia, e, sem perder tempo, punha-se em ação para domar a desordem que nos rodeava. Naquela sua fuga ao quotidiano para enfrentar o extraordinário, havia muito de seu caráter.

Por um instante, enquanto me vestia, pensei em chamar dona Pina, que muitas vezes nos ajudava na faxina extraordinária, mas depois, vendo a degradação da cozinha, decidi dispensar sua ajuda.

Naquelas estratificações de abandono refletiam-se as estratificações de meu deserto interior. Pedir a outra pessoa que arrumasse aquilo significaria apenas delegar uma tarefa externa; durante alguns dias, a aparência estaria salva, mas seria apenas aparência, e em breve o caos, com seus movimentos silenciosos, se imporia novamente.

Era um dia bonito, por isso aproveitei para escancarar todas as janelas, ventilar e permitir que os raios cumprissem sua ação purificadora. Assim que a casa foi invadida pela luz, lembrei-me de uma de suas máximas. "No inverno, o sol é amigo. No verão, inimigo."

Durante os meses de verão, de fato, você verificava obsessivamente se as venezianas estavam encostadas, se todas as cortinas estavam puxadas, para não transformar a casa num forno.

Não sei dizer por que hoje acordei tão cheio de boas intenções. Talvez um sonho do qual não me lembro tenha aberto uma fresta na minha escuridão. Ou talvez algum movimento secreto dos astros que se movem acima de nós com a precisão de um relógio gigantesco.

Durante uma de nossas viagens a Munique, paramos para contemplar o famoso carrilhão de Marienplatz, no qual, ao soar de certas horas, apareciam estatuetas coloridas que realizavam uma espécie de dança antes de voltarem à escuridão do mecanismo.

— Acha que nós também somos assim? — perguntou você, de nariz para cima. — Fantoches que dançam movidos por uma mola?

— Não acho — respondi, pensando na liberdade e na imprevisibilidade do mar aberto.

— Mas atrás de nós, acima de nós, em algum lugar deve haver um relojoeiro?

— Se houver, na certa será um relojoeiro louco.

Depois, dei-lhe o braço e fomos comer numa cervejaria.

Sonho ou relógio, que seja, de qualquer modo agora é noite, e a casa tem uma aparência totalmente diferente da que tinha quando acordei. Eu também me sinto um pouco diferente do que sentia nas semanas passadas. Ao pôr do sol, com o fogo aceso na lareira e um copo de uísque na mão, fiquei longo tempo olhando para o jardim. Sim, pensei, assim que o inverno acabar, vou começar a arrumar ali também.

— O microcosmo reflete o macrocosmo e vice-versa — era uma das ideias sobre as quais você refletia com frequência nos últimos anos. — No final, toda a existência nada mais é que um infinito e complicadíssimo jogo de espelhos. Cada coisa remete a outra.

Talvez seja assim mesmo.

Quando deixei Erica, um espelho se partiu. Nesse espelho refletia-se a vida que eu teria vivido com ela, desde nosso casamento até o fim de meus dias. O nascimento dos filhos, a alegria dos avós, as crianças crescendo e se tornando adolescentes, alguns problemas de trabalho, talvez até algumas escapadelas para quebrar a monotonia do quotidiano, os pais morrendo, os filhos adultos, nós nos tornando avós por nossa vez, os primeiros achaques de saúde, as inevitáveis pequenas complicações e depois, de repente, sem nenhum aviso ou toque de trombeta, sobre o espelho de minha vida desceria o pano preto do fim. Fim do microcosmo. Se existisse macrocosmo, o máximo que se poderia esperar era que restassem boas lembranças de mim na memória dos filhos, na dos netos. A grande normalidade da vida humana.

Eu nunca lhe disse que havia tocado nesse espelho, porque, pelo menos durante nossa juventude, nunca lhe falei da existência de Erica em minha vida. Não temia seu ciúme, intuía que sua mãe, com seu casaco, tinha vacinado você contra esse sentimento, mas sempre me pareceram mesquinhos os homens que confidenciam às companheiras seus tormentos amorosos passados ou presentes, talvez à procura de alguma forma de cumplicidade ou conforto. Erica tinha permanecido em meu coração como uma ferida profunda. Sabia que, com o tempo, tal como a água que alisa as pedras, essa ferida se tornaria cada vez menos pungente.

O que me causava angústia — e também alto nível de excitação — era a consciência de que você, mais que espelho, era um labirinto de espelhos como os que vemos nas quermesses: é fácil entrar, é só pagar o ingresso, mas sair é outra história; os vidros e os espelhos se refletem mutuamente; você acha que pode passar e, de repente, se vira e está refletido como um tampinha monstruoso ou uma criatura filiforme como uma alga.

Eu havia trocado a segurança por algo que, sem dúvida, não era nada seguro. Não havia nenhuma explicação racional para tal loucura.

Eu não podia viver sem você, só isso.

Isso acontecia também com você?

Eu não conseguia entender, e aquela incerteza era como uma bomba de pavio aceso, que explodiria a qualquer momento. Você estava duzentos por cento comigo e, de repente, já não estava. Nunca me levou à sua casa, nunca me apresentou seus amigos. Era como se, fora de meu estúdio, da cozinha e da cama, eu não existisse. Você me esperava quando eu voltava do Pireu. Quando não conseguia vir, telefonava para minha casa. Se eu fosse buscá-la na universidade, às vezes você ficava radiante, outras, quase aborrecida.

Ainda estava sob a influência de Ivano e do grupinho de maoístas? Era disso que eu desconfiava. No fundo, eu não passava de um burguês, com o grave obstáculo dos quartos de nobreza. Entre mim e os guardas vermelhos que você tanto idolatrava então, não havia ponto de contato possível.

A ideia de que tudo não passara de um acesso de loucura tomou conta de mim no dia em que encontrei sua carteira de identidade no chão. Você tinha saído fazia pouco tempo, sem perceber a perda.

Ao abri-la, descobri que você não se chamava Edith, mas Patrizia. Furioso, apanhei o trem e fui a Mestre. A casinha era exatamente como eu imaginava. Toquei a campainha e, depois de um tempo, sua mãe apareceu à porta; parecia mais velha do que a idade que tinha, seus olhos eram tristíssimos, mas bondosos.

— Encontrei a carteira de identidade de alguém que mora aqui. Como estava passando por estas bandas, pensei em trazê-la.

— Obrigada, muito gentil de sua parte. Patrizia é tão distraída! O senhor também frequenta a universidade?

— Não — respondi —, encontrei no chão do embarcadouro do ferry.

Despedi-me dela e fui embora.

Quando nos reencontramos, na proteção das quatro paredes de casa, tive uma das maiores explosões de raiva da minha vida.

— Patrizia? Edith? Pode-se saber quem você é?

Eu gritava tão alto que no prédio da frente alguém apareceu para olhar. Pela primeira vez vi em seu rosto uma expressão de susto.

— Posso explicar — você disse, estendendo as mãos como se quisesse se defender. — Patrizia é o nome que meus pais me deram, mas nunca me senti Patrizia. Por que eu deveria vestir uma roupa que não me serve? Um ano depois da morte de meu pai, passei a ser Edith. Sabe por quê? Porque Edith significa: "aquela que procura a felicidade."

— Se acha que vai procurar à minha custa, está redondamente enganada!

Você tentou me envolver de uma maneira inconsistente.

— Talvez você também tenha um nome que não lhe serve...

— Não! — urrei. — O nome que tenho me assenta perfeitamente.

— Perdão, eu queria lhe contar. Não pensava que fosse assim tão importante.

— Posso suportar tudo, menos mentira.

O auge da fúria já estava diminuindo.

— Eu não menti. Só me esqueci de dizer uma coisa que não considerava essencial.

Deixei-me cair pesadamente na poltrona.

— E agora quem você é? Patrizia, Edith, uma guarda vermelha?

Houve um longo silêncio. Naquele silêncio, o telefone tocou repetidamente. Deixei tocar.

— Quem você é afinal?
O medo desapareceu de seus olhos.
Você respondeu:
— Sou Edith que te ama e quer ser feliz com você.
Seu olhar brilhante como uma lâmina atravessou a sala.

# 13
# A resposta é não

Descobri seu verdadeiro nome no final de maio.

Durante todo o verão, nossa relação foi em frente sem mais tropeços. Em julho, você ficou com sua mãe nas montanhas durante algumas semanas. Era a primeira vez que saíam juntas de férias após a morte de seu pai e, além disso, voltavam aos lugares em que todos tinham sido felizes.

Nos últimos meses, você me contou que, por meio de uma colega professora de ginástica, sua mãe havia conhecido uma sensitiva: uma vez por semana reuniam-se numa sessão espírita e, para isso, escolhiam sempre um quarto de hotel diferente. Dessa forma, explicou-me, no raro caso de um espírito maligno ser invocado e não querer retroceder, ele não infestaria a casa de ninguém. Essa nova atividade parecia ter tirado dos ombros dela o peso sombrio que a oprimia fazia anos. Ao ouvir os relatos dela, você precisava se esforçar para conter o riso. Considerava aquelas manifestações uma muleta para os mentalmente fracos e desesperados. E comentou rindo:

— Entre a bebida e os espíritos-guia, prefiro os espíritos. Pelo menos não fazem mal à saúde.

Quando voltaram das montanhas, eu estava em meu período de maior trabalho e, por isso, não conseguimos passar muito tempo juntos. Por isso, em setembro pedi uma semana de férias e fomos a Viena. Foram dias maravilhosos. Dormíamos numa pequena pensão da Mariahilfer Strasse. Passeávamos pela cidade e, se tivéssemos vontade de entrar em algum museu, entrávamos. Comíamos em cervejarias ou sentados num banco de parque depois de comprarmos algo num quiosque.

Frequentemente cruzávamos com jovens que tocavam violino na rua. Nas primeiras vezes, você os olhava cética, eles lhe pareciam um pouco patéticos, mas depois acabou por se afeiçoar às suas melodias românticas, queria passar a dada hora e por dado lugar para ouvir de novo um violinista de que tinha gostado e, se não o encontrasse, ficava desapontada. Dia após dia, eu via que os traços de seu rosto se relaxavam. Longe de Mestre, longe da universidade, longe de Veneza e do terminal de ferry, longe do seu mundo e do meu, emergia uma pessoa cuja existência eu tinha apenas pressentido.

Passamos um dia inteiro no Naturhistorisches Museum; você ficou entusiasmada com as salas de fósseis e minerais. De muitos deles você sabia o nome.

— Aqui dentro meu pai teria sido realmente feliz — comentou.

Ficamos abraçados durante quase toda a viagem de volta, no trem. O tempo que passamos juntos deu-me a impressão de que havia caído definitivamente uma barreira entre nós; seu sarcasmo, sua necessidade de ir contra todos e contra tudo pareciam ter desaparecido; você se entregou a mim com confiança, e essa confiança abriu uma porta de meu coração que até então estava apenas entreaberta.

Você desceu do trem em Mestre, olhei pela janela e vi você ir ficando pequena debaixo da marquise, enquanto acenava com a mão em sinal de despedida.

No dia seguinte, parti para o Pireu.

Durante toda a viagem de ida, o mau tempo castigou. As ondas batiam com violência no casco, empurradas pelo vento boreal escuro que soprava dos Bálcãs, suas rajadas tornavam difícil até mesmo manter-se firme no convés. Eu estava o tempo todo com as orelhas geladas, e, assim que entrava no convés inferior, elas se tornavam quentíssimas.

A impaciência dominou também aquela travessia, mas foi uma impaciência muito diferente da de antes, marcada pela incandescência. O furor de então havia dado lugar a uma sensação de felicidade difusa. Estava impaciente por ver você de novo, ansioso por lhe dizer todas as palavras que eu repetia obsessivamente no íntimo havia semanas.

Será que você iria me buscar?

Eu diria essas palavras já no cais?

Ou esperaria um momento mais adequado?

Eu não queria fazer planos nem me impor limites.

Na saída do porto, você não estava.

Achei que devia ter alguma aula importante.

Você não deu o ar da graça nem nos dois dias seguintes.

Fiquei sentado na frente do telefone, esperando que ele tocasse. De vez em quando, levantava o fone para verificar se não estava sem linha. No terceiro dia, liguei para a sua casa. Quem atendeu foi sua mãe:

— A Patrizia não está; está na universidade. Acho que volta à tarde.

Então saí e dei uma volta pelas joalherias.

— Estou procurando um anel de noivado para uma pessoa muito especial — dizia ao entrar.

No final, encontrei. Um anel muito simples, de ouro branco com uma água-marinha incrustada. Ao voltar para casa, escrevi um bilhete.

*A luz do céu e a do mar se encontram nos teus olhos.*

*Te amo.*

Às seis da tarde, cheguei à frente de sua casa em Mestre. O ar estava nebuloso e opressivo, o calor abafado ainda era o de verão, mas a luz já era outonal.

Toquei a campainha. Ninguém abriu.

Decidi esperar.

Depois de uma hora, eu tinha observado todos os detalhes do jardinzinho. Um pequeno rastelo enferrujado num canteiro, uma rosa com folhas anêmicas, um cogumelo de cimento com bolinhas vermelhas já desbotadas, um trapo provavelmente trazido pelo vento, uma bicicleta feminina com o pneu traseiro murcho.

— É testemunha de Jeová? — perguntou-me, a certa altura, um transeunte.

Balancei a cabeça.

— Ainda bem — respondeu, continuando seu caminho com as mãos nos bolsos.

Havia várias bitucas debaixo de meus pés e, como você tinha deixado de fumar havia muito tempo, aquelas pontas começaram a me inquietar. Seria possível que alguém tivesse o costume de esperar você no portão?

Quando já estava dominado pelos pensamentos mais sombrios, vi você aparecer no fim da rua. Estava despenteada e trazia uma pesada bolsa militar no ombro, provavelmente cheia de livros.

— O que está fazendo aqui? — perguntou, sem esconder um gesto de espanto.

A defesa de sempre.

Tentei ser espirituoso.

— Passei por acaso.

— Mas como está vestido?

— Como me visto nos momentos importantes — respondi, depois, olhando ao redor: — Não vamos entrar?

Você empurrou o portão com certa relutância.

— Está voltando de um casamento?

— Não. Mas gostaria de ir a um.

Já estávamos no jardim, você na frente, eu atrás.

Você se virou.

— Edith, quer se casar comigo? — perguntei então, tirando desajeitadamente a caixinha do bolso do paletó.

Você ficou imóvel e muda, por isso fui eu que a abri e lhe entreguei também o bilhete.

— Como isso passou pela sua cabeça? — disse você, severa, articulando bem as palavras. — Acha que estou disposta a bancar a Patrizia por toda a vida? A mulherzinha que te espera, te adora e pare filhos para você?

— De Patrizia não quero saber, eu amo Edith, só Edith, e quero procurar a felicidade ao lado dela.

— O casamento é uma sepultura na qual não tenho vontade nenhuma de me enterrar.

— Quem disse que será uma sepultura?

— É a própria instituição que diz isso. Uma prisão em que um dos dois é forçado a sucumbir.

— Mas somos nós dois, Andrea e Edith, que vamos casar. Não será uma sepultura se continuarmos nos amando.

— Acredita mesmo no amor eterno?

— O que mais deveriam fazer duas pessoas que se amam, a não ser desejar passar a vida juntas?

— O casal monogâmico é um entulho patriarcal.

— Mas nós nos amamos!

— Sim, agora, mas e daqui a dois anos? Três anos? Acreditar que as coisas não mudam beira o ridículo.

A palavra "ridículo" fez meu sangue subir à cabeça.

— Os sentimentos dependem de nós! — gritei, atirando a caixinha no chão.

Ela foi bater no cogumelo de cimento, abriu-se, e o anel rolou pelo chão, ao lado do trapo.

Olhei para você pela última vez.

— A resposta é não?

— É — disse você, com uma voz que por um instante me pareceu trêmula.

Bati o portão com toda a força que tinha no corpo e fui embora pelo meu caminho sem olhar para trás.

# 14
# Furacão

Nunca mais a vi, e você também não apareceu.

Nas primeiras semanas, ao desembarcar, eu saía de cabeça baixa, com medo de encontrar seu olhar. Em novembro, quando as ruelas já estavam envoltas na irrealidade da neblina, percebi que não havia risco. Você tinha me apagado de sua vida, assim como eu estava tentando apagar você da minha, e essa tentativa me levava a vivenciar uma forma de raiva até então desconhecida. Explodir por causa de um contratempo era muito diferente de viver com a eterna tensão da impotência. Nas ilhas, as gaivotas, para descarregarem a raiva, arrancam com fúria tufos de capim e os atiram contra os rivais. Modo de resolver uma questão explosiva sem derramamento de sangue. Mas eu, que tufos de capim poderia arrancar?

Quando estava em Veneza, desabafava andando. Saía de casa e fazia todo o perímetro da ilha das Zattere até as Fondamenta Nuove; atravessava ruelas desertas, alternando-as com as que estavam sendo invadidas pelo rio de turistas. Era uma libertação poder esbarrar em alguém na multidão, gritar "Vá para o inferno!", depois seguir em frente.

Voltava para casa e passava grande parte da noite afundado em nossa poltrona, com um copo de uísque na mão e o olhar perdido numa tela permanentemente acesa.

Às vezes, a luz da aurora me encontrava ainda lá.

Naqueles meses, percebi que a raiva não é muito diferente da ferrugem: após um início silencioso, expande-se para todos os lados, corroendo tudo o que pode corroer. Pela manhã, olhava-me no espelho e tinha dificuldade para me reconhecer. O rosto estava inchado, o olhar tinha uma fixidez vítrea que não pertencia a Andrea.

Ainda havia algo vivo em mim?

Algo capaz de se mover?

— O que há com você? — perguntou-me um dia um colega diante de um spritz. Conversamos durante algum tempo e, depois de terminar a taça, ele me sugeriu mudar de ares.

Em casa, tive uma sensação de alívio.

No dia seguinte, pedi demissão da empresa de ferryboat, e em 1º de janeiro comecei a trabalhar numa companhia de cruzeiros. Passei aquele Natal em Cormons. Minha mãe estava mais pálida que o habitual, parecia de repente envelhecida.

— Não vamos nos ver mais — disse-me, acompanhando-me até a porta.

— Que exagero! — respondi. — Vou voltar, só que com um pouco menos de frequência.

Ela me abraçou e, naquele abraço, senti pela primeira vez o que um filho nunca gostaria de sentir.

A iminência da fragilidade.

Dois dias depois cheguei ao Caribe e lá, sob aquele sol implacável, permaneci seis meses. A vida num cruzeiro é muito diferente da vida num ferry: a praticidade concreta dos transportes dá lugar a uma mundanidade efêmera. Depois das horas de trabalho, não havia o jogo de baralho com os colegas nem o pingue-pongue, mas o ritual repetitivo de jantares de gala, bailes e concertos. O tédio era o espectro que pairava sobre aquelas viagens. Paradoxalmente, aquilo que eu procurava na vida no mar era detestado como a peste pelos passageiros. O navio não era muito diferente de um circo itinerante e, naquele circo, até os oficiais tinham de desempenhar seu papel.

Durante o primeiro embarque, aquele mundo totalmente artificial foi minha terapia. Havia um bom número de mulheres que viajavam sozinhas e gostavam de se entreter em conversas com os oficiais jovens. Nos primeiros tempos, afundado numa poltrona do bar ou encostado num parapeito sob o céu estrelado, eu ouvia com verdadeira abnegação as confidências cada vez mais pessoais daquelas senhoras. Em alguns casos, observando seus rostos, suas mãos, achava até que poderia me apaixonar por alguma delas, mas era um pensamento que geralmente se dissipava na manhã seguinte. Falavam-me de suas vicissitudes sentimentais, da desilusão com seus ex, da falta de amor na infância. Em geral, tais confissões estavam intimamente ligadas ao consumo de álcool. Quanto mais ele aumentava, mais se descia à intimidade, mas era sempre uma descida opaca, incapaz de provocar em mim um interesse que durasse mais de uma noite. Antes de desembarcarem, algumas deixavam até uma carta ardente com o número de telefone e a promessa de talvez um dia irem me visitar em Veneza.

Os primeiros seis meses eu vivi assim.

Estava doente e me tratava.

Mas já no segundo embarque um fio de inquietação começou a se insinuar em minha vida aparentemente despreocupada. Eu observava os colegas mais velhos, sua passagem de uma solenidade a outra, de uma cabine a outra, via a barriga deles cada vez mais proeminente, o rosto inchado de quem usa o álcool com demasiada desenvoltura e me perguntava se aquele deveria ser meu futuro também.

Numa noite confiei minhas perplexidades a um oficial francês com quem tinha entrado em sintonia.

— Goze a vida! — exortou-me, dando-me uma palmada nas costas.

Goze a vida, já.

O que mais eu queria?

Fazia um trabalho de que gostava, vivia o ano todo entre o sol e as praias do Caribe, não havia uma única noite em que corresse o risco de ficar sozinho na cabine, no entanto não era feliz. Aliás, não só não era mais feliz, como também, quanto mais o tempo passava, mais eu era dominado por uma sutil melancolia.

Depois, um dia, quase no fim do segundo semestre, deparamos com um furacão de certa potência. O circo foi obrigado a se desmontar, e o navio voltou a ser o que era: uma casca de aço à mercê dos elementos. Os bares estavam vazios, assim como o salão de baile e o teatro. As ondas açoitavam com violência as vigias, e os passageiros estavam todos nas cabines, lutando contra a ânsia de vômito. A verdade da vida havia prevalecido à sua representação. Uma senhora, no corredor, quase caiu em cima de mim. "Vamos conseguir?", perguntou-me, e eu, transgredindo todas as regras da companhia, respondi com satisfação: "Tomara que sim."

Pouco antes do amanhecer saímos da tempestade. Meu parceiro assumiu o turno, e finalmente me recolhi à cabine. No sono anômalo de quem dorme enquanto o sol está alto, tive um sonho cheio de fogo, com muita gente fugindo da perseguição das nuvens. Quando menino, na biblioteca de casa, eu havia lido a descrição de Plínio, o Jovem, sobre a erupção do Vesúvio, na qual seu tio, Plínio, o Velho, perdera a vida.

Era um fragmento desse relato que eu tinha sonhado?

Naquela pavorosa erupção, os corpos dos habitantes de Pompeia foram petrificados na lava em posições estranhas; o silêncio espectral da morte cobrira piedosamente aquelas vidas despedaçadas.

Agora havia silêncio em minha vida.

E na sua?

Onde você estava?

Onde estava seu corpo?

Encolhido ao meu lado?

Era por isso que, quando outra mulher se levantava de minha cama, eu tinha uma sensação de mal-estar? Corpos que não tinham sido tocados pelo fogo nem perseguidos pela nuvem deixavam atrás de si dobras leves, não moldes.

O molde era seu.

Só você poderia preencher aquele vazio.

Enquanto sobrevoava o oceano pela segunda vez, voltando para casa, estava perfeitamente ciente de que aquele vazio existia e estaria lá para sempre em minha vida. A raiva tinha evaporado, e no lugar dela se introduzira uma tristeza melancólica. Às vezes, desejava poder retroceder o filme de minha vida, apagar os primeiros três dias que passamos juntos e o jantar de despedida com Erica, voltar aos trilhos, sonhando, esperando que não houvesse mais descarrilamentos.

Eu acabava de fazer trinta anos, e o sentimento que acompanhava meus dias com frequência cada vez maior era o de um cinismo amargo.

Eu havia jogado fora as coisas mais importantes para perseguir um sonho.

Mas tinha sido um sonho, justamente.

Assim que tentei agarrá-lo, ele desapareceu.

# 15
# Um dia lhe explicarei

De volta, descobri que minha mãe estava doente. Não quis me comunicar o fato enquanto eu estava longe para não me causar preocupação desnecessária. Já havia sido operada e, diante de um bolo que ela preparara para o meu regresso, disse-me:

— Não se preocupe, o pior já passou.

Eu não podia deixar de pensar que aquele colapso repentino também se devia ao descarrilamento a que eu forçara minha vida. Há pessoas que tiram uma nova vitalidade dos descarrilamentos e outras que, pelo contrário, são atropeladas pelo estrondo da saída dos trilhos. Por natureza, tendemos a projetar constantemente imagens de futuro em nossa mente e, quando essas imagens se desvanecem, não sabemos fazer outra coisa a não ser ficar contemplando a tela agora vazia. Minha mãe tinha se visto a embalar o netinho. O netinho tinha desaparecido e, de certa forma, ela também.

— Tem alguma coisa para me contar? — perguntou-me ela naquele dia.

Eu sabia que esse "alguma coisa" na verdade queria dizer "alguma mulher", por isso balancei a cabeça.

— Ainda não.

— Não se meta em encrenca — disse-me no dia da partida, junto à porta de casa.

— Ou, pelo menos, não conte para a gente — acrescentou meu pai.

Em Veneza, encontrei a caixa de correio entupida de boletos. No meio deles, um cartão-postal enviado do aeroporto de Frankfurt. Retratava um avião da Lufthansa decolando.

Era seu.

Estava escrito: *Um dia lhe explicarei* e, debaixo da assinatura, você acrescentara *P.S. Penso em você.*

Estava para rasgá-lo, mas nesse instante o telefone tocou, e eu o coloquei perto do aparelho.

Aquele postal, por razões misteriosas, depois acabaria nos seguindo de casa em casa ao longo de toda a nossa vida. Nunca sabíamos onde ele estava realmente, mas de vez em quando brotava dos lugares mais imprevisíveis.

— Nosso cartão-postal! — você exclamava então.

Às vezes se acredita que as reviravoltas de uma existência são determinadas por grandes gestos, mas com frequência elas são provocadas exatamente pelos pequenos, pelos mais insignificantes: aquele "Penso em você", rabiscado com pressa, que eu tinha lido com uma indiferença olímpica, na verdade aderira aos meus pensamentos mais secretos como um peixe-piolho se agarra à barriga de um tubarão e, assim como o peixe-piolho vai limpando os parasitas da pele, aquela frase tinha começado a abrir uma brecha no mundo artificial em que eu me refugiara.

Depois de um mês de pausa, parti novamente para o Pacífico. O efeito terapêutico já estava desaparecido. Aprendi a me manter afastado das senhoras solitárias demais. Navegar daquele modo se tornara nada mais que um trabalho, o tempo livre eu passava na solidão. Às vezes, em terra, juntava-me a grupos de colegas. Um dia, fui com eles até a porta de um tatuador.

— Não vai entrar? — perguntaram.

Recusei o convite. A única imagem que eu gostaria de tatuar era a de um enforcado.

De qualquer modo, o mundo oriental era mais compatível comigo do que o caribenho, e com seu oceano — talvez pelo próprio nome, Pacífico — eu sentia mais afinidade do que com o Atlântico. Atlante, aquele que carrega sobre os ombros o peso do mundo.

— Quanto menor é o mar — disse-lhe eu um dia — maior a probabilidade de ficar à mercê de uma tempestade de intensidade 8.

Essa informação lhe causou espanto.

Estamos acostumados a pensar que o pequeno traz consigo um princípio inato de tranquilidade. Mas o Mediterrâneo, esmagado entre dois continentes e estrangulado pelo Estreito de Gibraltar, é um mar de grandes turbulências, enquanto o Pacífico, com sua imensa extensão, faz jus ao nome que tem.

Muitas vezes, contemplando as ondas extensas e preguiçosas, cogitei que aquele movimento não era muito diferente de uma grande respiração. A respiração de uma pessoa adormecida ou em estado de calma.

A respiração que eu gostaria tanto de ter.

Durante a navegação, cardumes de peixes-voadores frequentemente acompanhavam o navio. Aqueles seres estranhos, suspensos entre dois mundos, sempre me fascinaram desde a infância. Embora nascidos na água, voam. Que necessidade têm de fazer isso? Aparentemente nenhuma, sua natureza é de peixe, mas, a certa altura, sentiram o desejo de alçar voo, alcançar o limite, ultrapassá-lo, arriscando a vida para descobrir o que havia além. Saltando para fora da água, como peixes, escapavam à voracidade de outros peixes, mas, expondo seus dorsos cintilantes aos raios de sol, ofereciam-se como presas dóceis às aves marinhas. Esse risco duplo, no entanto, não detém seu voo. Por outro lado, não são as únicas criaturas capazes de viver suspensas entre dois mundos. Isso vale também para anfíbios, alcatrazes e os cormorões, que nadam sob a água com a mesma desenvoltura com que sulcam o céu.

Seria assim também para os seres humanos?

Ou apenas para alguns?

Quantas dimensões se somam ao longo de uma vida?

E quantas dessas nos pertencem por natureza?

Após a vida, há outras realidades à nossa espera?

De vez em quando, como um relâmpago, atravessava-me o pensamento de que poderia ter acontecido alguma coisa com você: um acidente de carro, o encontro com um desequilibrado. Quem sabe se algum dia viria a saber. Um sonho, um presságio, talvez um espírito daqueles que apareciam para a sua mãe teria batido de repente à minha porta?

E se no céu, antes de nascerem, as almas estivessem interligadas por uma espécie de cordão umbilical? Será por isso que, depois, se procuram durante toda a vida? Será por essa razão que, tendo-se reencontrado, não conseguem mais ficar uma sem a outra?

Qual era o fio que nos unia?

Atração física, claro, mas essa não passava de reflexo de algo mais profundo e complexo. Seria talvez a síndrome do peixe-voador que nos tornara tão indispensáveis um ao outro? O inconformismo com um mundo, a busca constante de alguma forma de descarrilamento? Mas esse descarrilar, esse apagamento do que antes existira, não se revelara benéfico para mim. Pelo contrário, quase me conduziu ao aniquilamento.

Foi assim com você também?

Talvez você estivesse em algum lugar, feliz, abraçada a Ivano, com um boné de estrela vermelha na cabeça. Talvez eu só tivesse me iludido, achando que estávamos ligados por aquele cordão invisível. Talvez o que nos unira fosse um material de qualidade bem inferior, algo que um psicólogo, em poucas sessões, teria destrinchado com a mesma força cortante com que Alexandre Magno cortou o nó górdio.

Embora a raiva tivesse passado, eu ainda não conseguia pensar em você com a mesma liberalidade benevolente com que Ivano talvez pensasse. Saber que você era feliz nos braços de outro não me tornava igualmente feliz, mas, por outro lado, me entristecia o pensamento de que você pudesse estar em dificuldades, precisando de mim, e eu não fosse capaz de ajudá-la.

Racionalmente, não pensava o tempo todo em você. Era mais como se minha mente fosse um palco, e você, uma figurante que caminhasse invisível nos bastidores. De vez em quando, você saía de lá e invadia meus sonhos, mas não se tratava de sonhos perfeitos, e sim de fragmentos desconexos. Juntá-los todos, tentando encontrar um significado, seria como tentar unir as peças de dois quebra-cabeças diferentes.

Uma manhã, porém, acordei com uma súbita sensação de felicidade. O céu encoberto e pesado que fazia mais de dois anos pairava sobre meus dias parecia ter-se dissipado. Eu não sabia explicar aquela repentina sensação de liberdade: talvez apenas, tal como os condenados, eu finalmente tivesse cumprido minha pena. Vestindo-me, surpreendeu-me a minha voz cantarolando. Era algo que antes eu fazia com muita frequência.

Como estávamos numa parada de dois dias em Mahé — mais um oceano, o Índico — para a troca de passageiros e eu tinha meio dia livre, peguei a bolsa com o equipamento e fui mergulhar.

Desde quando não sentia a alegria infantil do encantamento? Debaixo de mim, à minha volta, estendia-se o extraordinário mundo da barreira de coral. Nem o mais louco dos artistas nem o mais louco dos magos poderia ter inventado aquela magnífica variedade de formas e cores, aquela graça flutuante que me cercava. Dois anos de ressentimentos sombrios e de tristeza haviam apagado de meu horizonte a vivificante presença da beleza. Durante todo aquele tempo, eu tinha girado como um cata-vento enlouquecido, caminhado com uma venda nos olhos, estendendo receoso as mãos à frente na tentativa de entender o que estava acontecendo ao meu redor. Nadando entre as anêmonas e os corais, entre os peixes-palhaço e os peixes-porco, naquela manhã a venda caiu de repente.

A vida, pensei, está sempre se renovando e sempre pode nos surpreender.

Com essa esperança no coração, saí da água.

# 16
# Zona proibida

Hoje, fazendo compras, fiquei surpreso ao ver uma pilha de panetones ao lado do caixa.

— Mas já! — exclamei, pagando a conta.

— Bom, estamos no fim de novembro — observou a moça do caixa.

Voltando para casa, lembrei-me da confusão que sentia, nos anos das minhas rotas tropicais, quando via o Papai Noel aparecer de repente. Minha imaginação de criança nórdica me levava a pensar sempre no Natal como um período de escuridão, neve e frio: se me dissessem que, quando crescesse, ou melhor, quando envelhecesse, os trópicos me alcançariam em meu País, não teria acreditado.

No entanto, é assim.

De manhã, quando me levanto, demoro a perceber em que estação estou. Num dia, a casa e a ilha são fustigadas pelo vento impetuoso de uma tempestade, no dia seguinte parece maio, mesmo sendo novembro, enquanto em junho chove como se fosse um outono avançado. A convicção de que a Terra contém em si o princípio da estabilidade é uma ideia errônea que resulta da brevidade de nossa vida. Normalmente, a vida é curta demais para se conseguir assistir a uma glaciação ou ao seu fim. Minha geração, porém, teve essa sorte, se é que se pode chamar de sorte: nascidos numa época em que as estações ainda eram estações — no inverno fazia muito frio, na primavera e no outono chovia, no verão suava-se ao sol —, com o passar das décadas vimos a meteorologia transformar-se num jogo de prestidigitador. O que pularia da cartola no dia seguinte? Um coelho? Uma pomba? Echarpes coloridas? Ninguém podia dizer.

Assim como não pensava que o clima dos trópicos pudesse chegar até nós, também não podia imaginar que viveria minha idade madura como um filme de ficção científica. Quando fiz dez anos, recebi um robô de presente: era de lata, com cabeça em forma de caixa, e o tronco apenas um cubo um pouco maior; assim que o brinquedo era ligado, as duas luzinhas vermelhas dos olhos começavam a piscar, enquanto de seu ventre metálico chegava um vago ruído de ferros. Naquela época, era o máximo de ficção científica que se podia conceber.

Se me tivessem dito que um dia teria na mão um tablet com o qual seria possível fazer praticamente tudo o que um ser humano pode desejar — ver filmes, ler livros e jornais, fotografar, filmar, conectar-me com o mundo inteiro —, não teria acreditado. No entanto, tudo aconteceu com uma rapidez surpreendente. Desde a chegada do telefone celular, um universo inteiro explodiu à nossa volta. Às vezes, penso que essa explosão não foi muito diferente da que ocorreu durante o Cambriano, quando, como que obedecendo a um sinal combinado, a força vital começou a produzir milhões e milhões de criaturas diferentes e estrambóticas. Havia espaços vazios, e esses espaços precisavam ser ocupados, mas em breve, geologicamente falando, a evolução deu marcha a ré, cortando drasticamente a variedade das espécies existentes.

Acontecerá o mesmo com a tecnologia?

Talvez, de repente, tudo se torne excessivo, havendo a necessidade de podar, eliminar, considerar desejado e importante apenas o que realmente seja útil.

Quem vai saber?

O que posso dizer com certeza é que, se nós dois tivéssemos nos conhecido nos tempos atuais, nossa história teria sido muito diferente:

graças ao celular, teríamos nos encontrado imediatamente e nunca mais nos perderíamos de vista; graças ao Google, eu poderia seguir você até na China, saber a cada momento onde você estava e o que fazia. Claro, tanto você como eu poderíamos deixar de ler as mensagens, nada de duplo tique azul; talvez você enviasse um emoticon com uma lágrima, eu responderia imediatamente com uma carinha triste, e assim nossa relação terminaria. O único vestígio do que houvera entre nós seria, então, a de nossa memória fragmentária. Um dia, você diria aos amigos, ao companheiro, aos filhos que, quando era muito jovem, ficou conhecendo um sujeito que trabalhava nos ferryboats, um cara meio obsessivo, e eu contaria a meus eventuais interlocutores que, aos trinta anos, tivera um caso com uma estudante de línguas, uma fulana meio doida.

Talvez por isso, quando havia algo para esclarecer em nossa vida familiar, você preferia escrever cartas. Tinha acomodado uma pequena escrivaninha num canto da sala, o aposento mais quente, e ali se recolhia quando não havia nenhum filme ou romance que a apaixonasse. Mantinha correspondência regular com várias amigas espalhadas pelo mundo. Quando ficamos sozinhos em casa e você cuidava de abelhas, começou a escrever com certa regularidade anotações em grandes cadernos de espiral, que depois preenchia com pequenos desenhos.

Quando eu me aproximava curioso, você levantava a cabeça e dizia:

— Ei, não, esta é uma zona proibida.

No fundo, o que nos uniu foi também o fato de sermos pessoas solitárias. Tínhamos nossos espaços interiores, e foram esses espaços que nos permitiram navegar lado a lado durante tanto tempo com certo nível de harmonia. Nenhum de nós se anulou nem foi engolido pelo outro.

Unidos, permanecendo diferentes.

Você dava grande importância a esse conceito. Considerava-o a única forma possível de liberdade num casal estável.

A última carta que a vi escrever na escrivaninha era para Amy. Várias vezes você amassou o papel e o atirou no lixo, recomeçando logo a seguir.

Precisou de duas ou três noites para conseguir o que desejava. No final, coisa rara, decidiu lê-la para mim.

— Acha que está boa? — perguntou-me.

— Você não podia ter escrito palavras melhores.

No dia seguinte, fomos juntos ao correio enviá-la como carta registrada e, a partir da semana seguinte, você começou a esperar resposta. Sempre que ouvíamos a Vespa do carteiro parar diante de nossa caixa, eu via seu olhar se iluminar de esperança para depois se apagar, assim que você percebia tratar-se apenas de boletos. Naturalmente, antes você tinha utilizado meios mais modernos: mensagens de WhatsApp que nunca tiveram o benefício da leitura, e-mails sem resposta.

Diante daquele silêncio prolongado, perguntei se você preferia adiar nosso compromisso.

— Vamos esperar mais um pouco — disse-me.

Foi o que fizemos.

A cada seis meses, por três vezes, adiamos a data.

Antes de desistir, você fez uma última tentativa. Escreveu-lhe anexando uma passagem aérea para Roma. Mesmo não recebendo resposta nem dessa vez, no dia marcado você pegou o trem e foi para Fiumicino. Ficou muito tempo esperando os desembarques. O voo tinha aterrissado no horário, mas recuperar as malas em Fiumicino frequentemente é um problema, elas às vezes se perdem.

— O que faço? Espero mais? — perguntou-me três horas depois.

— Acho que é melhor você voltar.

Corri ao ferry para conseguir ir buscá-la na estação de Livorno.

— E se aconteceu alguma coisa com ela, e se morreu? — perguntou-me quando a silhueta da ilha já aparecia no horizonte.

— *No news, good news* — tranquilizei-a. — Nenhuma notícia, boa notícia.

Você se estreitou a mim sem dizer mais nenhuma palavra.

***

Naquela tarde de novembro primaveril, fui ler os jornais no jardim. À minha volta, via nos arbustos e nas roseiras brotos apicais preocupantemente inflados: o outono deveria ser o prelúdio do sono restaurador. "Sem o sono do inverno não pode haver primavera!", você costumava comentar nos últimos anos, olhando desconsolada a vegetação que nos rodeava.

Aí está, agora temos ao redor uma natureza insone, pensei, e, enquanto virava uma página do jornal, uma abelha insone começou a zumbir à minha volta.

Foi você que me ensinou a distinguir abelhas de vespas.

— As abelhas são peludas como ursinhos, enquanto as vespas são carecas. E, ao contrário das vespas, as abelhas não têm o dom de uma cintura invejável.

Você recomendava que não me agitasse na frente delas, porque os movimentos bruscos podiam desencadear sua agressividade. Apesar de minha imobilidade, aquela abelha continuava zumbindo entre meus óculos e a inútil página de política interna.

— O que quer de mim? — disse-lhe a certa altura. — Não sou flor!

Fechando o jornal, percebi que o problema era exatamente este: ao redor não havia sequer uma flor.

— A natureza nos fala — dizia você —, só que andamos imersos demais em nossos pensamentos para sermos capazes de ouvir.

Será que aquela abelha estava pedindo minha ajuda?

De uma lembrança não muito distante, ouvi sua voz: "As abelhas não suportam ser órfãs durante muito tempo."

# 17
# Uma voz atrás de mim

Depois daquela imersão solitária nas Ilhas Seychelles, retornara ao meu íntimo uma forma de leveza inesperada. Eu não tinha esquecido nada do que houvera entre nós, mas era como se aquilo tivesse escorregado para segundo plano; das muralhas da fortaleza que, naqueles anos, eu havia construído em volta de meu coração, descera devagar uma ponte levadiça. Estava novamente aberto à possibilidade de um encontro, e aquela fresta me impelia a olhar ao redor.

Foi essa fresta que, durante uma escala em Bali, me levou a aceitar o convite de um colega para me juntar a um grupo que festejava o aniversário dele. Iríamos jantar na ilha e, depois, dançar na praia até o amanhecer. Como havíamos brindado no navio, chegamos ao local já bastante alegres e barulhentos; continuamos a tomar aperitivos no balcão, e depois, quando o álcool já começava a alterar a realidade à minha volta, o jantar propriamente dito teve início.

A lua cheia iluminava a paisagem, era possível caminhar quilômetros ao longo da praia sem precisar de lanternas. Lembro-me de ter pensado isso e de ter me levantado em seguida para ir ao banheiro.

Ao atravessar o salão interior, de repente tropecei e derrubei uma mesinha com uma bandeja de frutas tropicais. Tinha acabado de me inclinar para apanhá-la quando ouvi uma voz atrás de mim.

— Capitão!

A mesinha virada e aquela alucinação auditiva deixaram claro para mim que daquela vez eu havia realmente exagerado no álcool; além do brinde final, eu não beberia mais nada, prometi a mim mesmo.

Depois, enquanto arrumava um mamão, você apareceu na minha frente.

Abaixou-se ao meu lado e, com gestos rápidos, começou a apanhar as frutas que tinham rolado pelo chão. Estava usando um avental de cozinha. Só quando terminou de arrumar todas as frutas na travessa, você se levantou e olhou para mim.

— Este mundo é pequeno mesmo!

Já não era eu, mas uma estátua de gelo. Abri a boca e disse a coisa mais idiota:

— Você é real?

— Realíssima — respondeu você, ajudando a me levantar. — Trabalho aqui — acrescentou; depois, enxugando as mãos no avental, desapareceu cozinha adentro.

Quando voltei à mesa, minha expressão devia ter mudado.

— Algo errado? — perguntou-me o vizinho.

— Está tudo bem.

A partir daquele momento, eu não saberia dizer como o jantar continuou, se dancei ou não, porque tinha sido transportado para outra dimensão. Lembro-me apenas de ter-me virado várias vezes para a cozinha, esperando vê-la aparecer. Você servia as mesas do salão interior, e a única coisa que eu conseguia perceber de vez em quando eram suas costas, desaparecendo por trás das portas giratórias.

Você foi à nossa mesa quando estávamos à espera da conta para nos oferecer uma rodada de licor.

Devo ter olhado para você de modo estranho.

— Conhece? — perguntou-me o aniversariante.

— Não — murmurei. — Talvez me lembre alguém.

Foi duro na manhã seguinte ter de voltar ao trabalho; todas as minhas fibras estavam invadidas por profundo mal-estar e, no fundo daquele meu estado de confusão, seu rosto continuava presente.

Nosso encontro tinha sido verdadeiro ou apenas uma projeção de meus desejos?

Como era possível você ter ido parar num restaurante em Bali?

À noite, na paz da cabine, tentei reconstruir os vários momentos da recolha das frutas no chão. Sentia-me como um cineasta insatisfeito com as cenas que estava filmando. Você estava em três quartos ou de frente? E eu, em que posição me encontrava? Estava no chão, tinha visto você de baixo para cima, talvez por isso tenha parecido diferente.

Quanto mais juntava as peças de minha memória, mais me parecia que havia alguma diferença em você. Era como se, em vez de três anos, tivessem transcorrido dez, e esses dez tivessem deixado em seu rosto o sinal da chegada da maturidade.

Passados os efeitos da bebedeira, sentia-me como se tivesse sido submetido a uma espécie de esquartejamento: uma parte de mim era puxada para o esquecimento — passar uma borracha, apagar tudo, arquivar aquele encontro entre os fantasmas brotados do álcool —, enquanto a outra desejava uma única coisa.

Ver você novamente.

Na semana seguinte, fizemos nova escala em Bali, mas era meu turno, por isso tive de esperar mais uma semana para ir ao restaurante onde você trabalhava.

Sentei-me a uma mesa e comi com os olhos fixos na porta da cozinha. Você nunca apareceu, achei que fosse seu dia de folga. Os proprietários eram italianos, por isso, ao pedir o café, perguntei à senhora:

— Não está mais aí aquela moça com sotaque vêneto?

— Ela foi embora na semana passada.

Quando eu estava pagando a conta, ela perguntou:

— Seu nome é Andrea?

— Sim.

— Então, isto é para o senhor.

E, juntamente com a conta, entregou-me uma carta.

*Caro Andrea,*

*Às vezes acho que o globo terrestre não é muito diferente de um grande novelo de lã, e nós somos besouros com um fio atado à pata, de modo que, voando em círculos, acabamos forçosamente por nos encontrar. Foi isso que pensei assim que vi você ali de joelhos, perseguindo maracujás e kiwis que rolavam pelo chão. O acaso — será que existe acaso? — fez que nos reencontrássemos. Eu não estava pronta para vê-lo, mas ao dizer, ou melhor, ao escrever isto, já me dou conta de que estou mentindo de algum modo. Na verdade, fazia muito tempo que não desejava outra coisa, só que não ousava confessar a mim mesma, ou melhor, não ousava esperar que a vida me oferecesse uma nova oportunidade de vê-lo. Sei que não teria nenhum direito de dizer isso porque me comportei muito mal com você. Se tiver me apagado de sua mente, fez muito bem, se sentir rancor por mim, não posso fazer outra coisa senão compreender. Desapareci de sua vida sem sequer uma sombra de justificação.*

*Só agora tenho clareza para dizer que vivia em tal estado de confusão que não tinha consciência de minhas ações. Quando um animal tem medo, o que faz? Se for suficientemente forte, ataca; caso contrário, foge. Ou se finge de morto. Eu não podia fingir que estava morta porque, por dentro, já estava fazia muito tempo. Por isso, fugi. Sentia-me encurralada. Você queria de mim coisas que eu não era capaz de dar. Tinha medo de perceber tarde demais que aquele passo que você me pedia era um erro.*

*Muitos laços talvez naufraguem por isso, porque, na onda do sentimento, somos capturados por um entusiasmo que não tem nada a ver com a realidade. Se ambos tivéssemos caído naquela armadilha, o que faríamos? Acabaríamos nos mordendo como ratos trancados numa gaiola pequena demais. No começo, seriam mordidas gentis, mordidas de advertência, mas depois, com o tempo, acabaríamos nos devorando, e eu o amava demais para arrastá-lo a uma vida que você não merecia.*

*Além disso, havia outro fantasma em minha vida. Eu sentia que você estava se tornando importante demais para mim, e os relacionamentos importantes me davam — e ainda dão — medo. Enquanto estamos sozinhos, nos bastamos a nós mesmos, mas quando outra pessoa entra em nossa vida e a conquista palmo a palmo, o que podemos fazer? Se a pessoa de repente muda de ideia e nos abandona ou morre, o que podemos fazer com a parte de nós que fica vazia?*

*Se escrevi esta carta, foi apenas para pedir perdão. Você não tem culpa nenhuma, nenhuma responsabilidade no fim de nossa história. O peso da perda se fará sentir para sempre sobre os meus ombros.*

*Consegui uma bolsa de estudos e passei um ano na China. No que se refere à língua, foi muito útil, mas também me ajudou a entender que não é possível criar paraísos na Terra.*

*Não sei se esta carta chegará às suas mãos. Se chegar e for lida, talvez acabe rasgada ou fique flutuando algum tempo nas águas turvas do porto. Revê-lo me abalou, tantas coisas se moveram dentro de mim, e não pude deixar de lhe escrever.*

*Perdoe-me também por isso.*

*Edith*

*P.S. Espero que, no final, tenha encontrado uma pessoa mais digna de você.*

# 18
# Plantar bulbos

Que efeito produzira em mim aquela carta?

Como tudo o que lhe dizia respeito, provocou sensações muito contrastantes, não diferentes das que acompanham a formação de ciclones, nos quais há sempre um ponto de calma absoluta, rodeado por ventos furiosos de tempestade.

Eu desejaria beijar as linhas que você escreveu e, ao mesmo tempo, rasgá-las e deixá-las cair na água como confetes da proa do navio. Não fiz nem uma coisa nem outra. Levei a carta para a cabine e a enfiei numa gaveta junto com outros papéis. De vez em quando, uma ou outra palavra voltava à tona, como quando um barco vira, e alguns objetos afloram à superfície.

Você pedia que a perdoasse.

Repetindo dentro de mim o termo "perdão", eu me perguntava o que ele significava realmente. Até aquele momento, eu havia ligado o perdão a um sentido de esquecimento. Nos últimos anos, afinal, conseguira viver semanas, meses inteiros sem que a sua lembrança surgisse em minha mente.

Perdão era isso?

Deixar o tempo agir?

Uma pintura ou um tecido, se esquecidos sob os raios do sol, com o passar das estações inevitavelmente desbotam. Até mesmo a lembrança dos meses ardentes que passamos juntos já estava descolorida. Outras coisas tinham acontecido, outros corpos, ainda que não tão amados, haviam se achegado ao meu. Outros odores, outros gestos, memórias de outras vidas.

Às vezes eu tinha a impressão de que você, com seu chapéu amarelo, e sua mãe, com seu casaco de gola de pele, não passavam de náufragas numa jangada empurrada pela correnteza para cada vez mais longe de meu olhar. Eu não tinha a menor intenção de ir acudi-las, só esperava que um dia o horizonte as engolisse definitivamente. Mas isso, claro, não era perdoar; era mais confiar no poder curativo dos anos. Até os ferimentos gravíssimos, com o passar da vida, a certa altura param de sangrar.

Se perdoar não era deixar que esse processo se realizasse, o que mais poderia ser?

"Vamos pôr uma pedra em cima" é algo que se diz quando se quer arquivar um acontecimento desagradável. Cobrir o que aconteceu com alguma coisa pesada, inamovível. Claro, a pedra esmaga, esconde, afunda as coisas no solo, mas, debaixo da pedra, o que acontece? A pedra precisaria ser mágica para conseguir dissolver de verdade o que está cobrindo. Em vez disso, lá embaixo as coisas continuam fermentando, e a pedra, como um ninho frio, abriga serpentes e escorpiões que um dia sairão de lá para atacar, envenenar nosso coração.

Assim, no final, pela honestidade que sempre guiou meus pensamentos e minhas ações, eu não podia concluir nada que não fosse a verdade. Sobre o seu abandono eu nunca poderia pôr nenhuma pedra. Você tinha me ferido de um modo inutilmente cruel, eu havia feito a proposta mais séria e mais antiga que um homem pode fazer a uma mulher, e você não conseguiu reagir de outro modo que não fosse ridicularizando meu projeto. Nem mesmo o Monte Branco teria sido suficiente para enterrar aquela devastação.

De uma coisa, infelizmente, eu tinha certeza. A jangada à qual eu a relegara ainda não tinha desaparecido do horizonte. Se fosse assim, eu não teria corrido ao restaurante duas semanas depois de encontrá-la; pelo contrário, teria dado risada com meus amigos, dizendo: "Incrível! Imaginem que há muitos anos, em Veneza, tive um caso com essa fulana." No entanto, não disse nada, tudo tinha acontecido na parte mais profunda de meu ser.

A chama que acreditava estar definitivamente apagada não estava extinta; bastou uma leve brisa para transformar de novo em brasa aquilo que parecia cinzas.

E o que era aquele frágil bruxuleio senão a lembrança da pedra dos Reis Magos? Parecia apagada, inerte, mas a qualquer momento o fogo poderia irromper. Talvez por isso eu tentasse ao máximo manter distante qualquer sopro, qualquer corrente de ar capaz de despertar a danação daquelas chamas. E de onde ela soprava? Daquele *P.S. Espero que tenha encontrado uma pessoa mais digna de você.* Por que você sentiu necessidade de acrescentar uma frase assim? Talvez porque tivesse encontrado alguém e se sentisse culpada, ao pensar que eu, por outro lado, continuava sozinho.

Nem feliz nem infeliz demais, continuei navegando pelo Oceano Índico durante mais um ano. Na volta, encontrei minha mãe extremamente pálida, as olheiras profundas não prometiam nada de bom. Apesar de sua insistência em dizer que se sentia bem, que aquilo era só um mal-estar primaveril, teimei em levá-la para fazer exames antes de partir novamente.

Fomos a Gorizia. Terminados os exames já ao meio-dia, passamos pelo escritório de meu pai para pegá-lo e almoçarmos juntos. Enquanto tomávamos café, minha mãe me pediu que a ajudasse a plantar bulbos de verão no jardim, pois durante o inverno todos os das dálias tinham sido devorados pelos ratos, e ela se sentia fraca demais para conseguir fazer isso sozinha.

Na tarde daquele mesmo dia, o radiologista, ex-colega de escola, me ligou:

— Lamento, não há mais nada que se possa fazer — disse.

— Quanto tempo?

— Não dá para dizer com certeza, não mais de quatro meses.

Passei o dia seguinte ajoelhado entre canteiros, plantando bulbos sob a direção de minha mãe. Ela, de pé, com uma cesta, ia explicando o que fazer. De vez em quando também me pedia conselhos:

— Estas brancas e amarelas ficam melhor aqui ou ali? E estes ranúnculos, não é melhor deixar mais expostos ao sol?

Éramos seguidos por Mimi, uma gatinha branca e laranja que ela adotara fazia alguns anos e à qual tinha se afeiçoado muito. Enquanto eu trabalhava, Mimi se roçava em minhas pernas, depois se achegava a mim e esfregava a cabeça em meu nariz.

Terminado o trabalho, fomos nos sentar no banco; Mimi pulou e ficou passando de meu colo para o de minha mãe. Esta, olhando ao redor, suspirou satisfeita.

— Achei que não conseguiria mais fazer esse trabalho.

Senti que meus olhos se umedeciam perigosamente.

Minha mãe percebeu.

— O que foi?

— É culpa da gata — respondi. — Acho que fiquei alérgico.

À noite, antes de adormecer, fiquei pensando que, no fundo, a vida toda nada mais é do que plantar bulbos, enterrar sementes que nunca poderemos ter a certeza de ver florescer.

Desisti de viajar. Disse-lhe, mentindo, que a companhia tinha levado meu navio para restauração, por isso eu podia ficar em casa.

— Que sorte! — comentou feliz. — Assim você fica um pouco aqui comigo.

Aqueles meses foram serenos. Tive algumas discussões com meu pai, que estava convencido de que devíamos dizer-lhe a verdade, ao passo que eu não concordava.

— Temos de ser sinceros — insistia ele. — Temos de lhe dizer que está morrendo.

— Esse é o único caso em que não cabe sinceridade — respondia-lhe.

— O problema é que você quer se livrar desse peso. Como não consegue, quer colocá-lo nos ombros dela.

No fim, ganhei a parada.

Os dias passavam tranquilos, ficávamos na varanda, batendo papo, enquanto ela se dedicava a algum pequeno bordado; passeávamos pelo jardim; eu a acompanhava à missa; quando ela se sentia com mais forças, fazíamos algumas caminhadas pelas redondezas. Durante a Quaresma, levei-a ao santuário de Castelmonte.

Numa manhã de maio, ela acordou dizendo que queria ver o mar e, assim, dei um jeito de levá-la a Grado. Caminhamos um pouco pela praia deserta. Assim que eu via uma concha bonita, agachava-me para apanhá-la e lhe entregava, como fazia quando era criança.

Recordei-lhe os meus dias de intenso tédio, na adolescência, quando, dominado pela mesma angústia que assaltava o jovem Leopardi na sua Recanati, eu montava na bicicleta e pedalava como um louco só para chegar ao mar, e aquela laguna, aparentemente tão doméstica, representava para mim uma forma de libertação; diante de mim abria-se um horizonte no qual o olhar podia se perder, e eu, que sempre vivi entre colinas e vinhedos, precisava daquilo mais do que do ar.

Mais tarde, almoçamos num restaurante da cidade velha, não muito distante da basílica de Santa Eufêmia. Como o ar estava ameno, pudemos nos sentar do lado de fora. Minha mãe pediu um linguado grelhado, eu, lulas fritas; via que ela comia com dificuldade o pouco que tinha no prato, estava claro que se esforçava para não me deixar preocupado. No final do almoço, pousou sua mão frágil sobre a minha.

— Parece que foi ontem que você nasceu.

Sorri.

— Para mim, parece uma eternidade.

— Assim que peguei você no colo, percebi que seria um menino especial. Por isso, quando você escolheu o mar, fiz de tudo para contentá-lo.

— Como sabia?

— As mães têm sexto sentido. Além disso, você tinha um caráter maravilhoso. Era forte sem ser arrogante, sensível sem ser lamuriento.

Fez uma pausa.

— É o melhor filho que eu poderia ter.

— Acho que isso é o que todas as mães dizem — objetei.

O silêncio desceu entre nós, e eu o rompi, acrescentando:

— Você também foi a melhor mãe do mundo.

Nesse momento, os sinos da catedral bateram as horas.

— Vou pagar — disse eu abruptamente, desaparecendo no interior do estabelecimento.

Uma semana depois daquele almoço em Grado, minha mãe se acamou. Nos canteiros, brotavam dálias, mas ainda estavam longe de florescer. Ela passava algumas horas do dia sentada na poltrona; comprei uma com rodinhas, para poder levá-la da janela à sacada ou à varanda, conforme ela quisesse.

— Quero sentir o perfume de maio — dizia, de olhos semicerrados.

Depois, de repente, exclamava:

— O filadelfo floresceu! Está sentindo? Até a rosa da pérgula finalmente se abriu!

— Em maio — disse uma vez, enquanto eu a levava de volta para a cama —, a natureza se transforma numa grande orquestra, os instrumentos tocam todos com o máximo de potência e delicadeza.

Mimi estava sempre com ela. Vez ou outra, quando ela gemia, no sono inquieto dos doentes, a gata lambia sua mão e depois ficava parada, observando-a.

Graças a certas amizades hospitalares de meu pai, conseguimos arranjar algumas ampolas de morfina, que eu lhe ministrava duas vezes por dia, disfarçada em algum líquido. Nos momentos de lucidez, pedia-me que lesse suas amadas *Geórgicas* ou os Salmos da Bíblia em latim. Quando, desajeitadamente, eu errava algum acento, do leito ela erguia o dedo indicador e murmurava a pronúncia correta.

O meu pai entrava com frequência no quarto e saía logo em seguida, justificando-se com algum compromisso inadiável.

— Como vai? Como vai? — perguntava assim que chegava, respondendo a si mesmo: — Bem, né? Parece bem, melhor que ontem.

Ele não tinha condições de suportar o impacto emocional daquela situação. Com o passar dos dias, os períodos de inconsciência começaram a superar os de lucidez. Uma noite, chamei o pároco para a extrema-unção. Naquela mesma noite, levantou-se o vento boreal escuro; as rajadas golpeavam as árvores e os arbustos, as pétalas de rosas eram atiradas ao chão, a generosa e delicada floração das peônias transformava-se numa espécie de papel velho; no andar de cima, uma veneziana batia num ritmo regular, o barulho chegava como um tiro de espingarda.

— Vou fechar — disse meu pai, levantando-se de seu posto junto à cabeceira do leito, onde estava velando ao meu lado.

Nesse momento, minha mãe abriu os olhos, seu olhar estava muito distante.

— Em Castelmonte — murmurou com dificuldade —, eu coloquei você sob a proteção da Virgem Maria.

— Obrigado — respondi bobamente, como se tivesse recebido um pedaço de bolo.

Meu pai voltou e acariciou suavemente a cabeça dela. Ficamos assim por um tempo, envoltos apenas pelos uivos do vento que sacudia a casa, parecendo querer arrancá-la dos alicerces.

— Aldina — sussurrou minha mãe. — Aldina… —, depois deslizou para o silêncio ofegante que precede o fim; sua respiração adquiriu uma profundidade anormal.

Talvez seja verdade — pensei, olhando-a — que os moribundos vivem por um tempo suspensos entre dois mundos.

Por algumas horas, no aposento só se ouviu sua respiração ofegante, então, de repente, a gata começou a bufar furiosamente, arqueando as costas e inflando o rabo. Não havia mais ninguém ali, pelo menos ninguém que pudesse ser visto. Apertando sua mão entre as minhas, senti que de repente ela se tornou inerte.

Minha mãe tinha morrido.

Meu pai desatou a soluçar. Eu me levantei e escancarei a janela. Fiquei ali, imóvel, com a chuva açoitando meu rosto. O jardim parecia um campo de batalha. Até a cadeira em que ela costumava se sentar para bordar estava de pernas para o ar.

A natureza chora a perda de uma alma boa, pensei, ficando ali por muito tempo, petrificado.

# 19
# Passos na névoa

Três dias depois, os funerais.

Minha mãe gostaria que fossem celebrados na igreja da Rosa Mística, mas as pessoas que queriam participar eram tantas que tivemos de escolher a igreja paroquial.

Olhei para o caixão de minha mãe diante do altar e experimentei uma sensação de irrealidade. Não estava pronto para aquela passagem. Ela contava sessenta e dois anos. Eu achava que ainda teríamos muito tempo pela frente, tempo em que eu poderia compensá-la pela grande dor que lhe causei ao não me casar e não lhe dar netos. Em vez disso, ela se foi, deixando-me com aquela espada cravada no coração. Não me lembro das leituras da cerimônia, mas lembro que o pároco, referindo-se à minha mãe, falou na homilia da silenciosa operosidade do bem.

No jornal do dia seguinte havia vários obituários em sua memória. Para decidir o que escrever no nosso, quase briguei com meu pai. Ele queria colocar Maria Vittoria, enquanto eu insistia em Aldina. No final, chegamos a um meio-termo.

*O marido Rodolfo e o filho Andrea choram*
*com dor a prematura partida de*
ALDINA
(MAVI *para os amigos)*
*esposa e mãe exemplar*

Na semana seguinte, fiquei em Cormons com meu pai. Aos setenta anos, ele nunca tinha vivido sozinho. De vez em quando, eu ia discretamente espiar o quarto de minha mãe, com a secreta esperança de que tudo tivesse sido um sonho; assim que eu abria a porta, a gata Mimi saltava para dentro e ia correndo roçar o corpo na poltrona em que ela costumava sentar-se; na mesinha ao lado, estava a pilha de seus livros e uma *Settimana Enigmistica** que ela não tinha conseguido terminar.

O que eu deveria fazer com suas coisas?

Não conseguia entender.

— Cuide você! — dissera-me meu pai, mas naqueles dias eu não estava absolutamente em condições de cuidar daquilo.

Encontrei uma mulher já não jovem, disposta a ir todas as manhãs e a cozinhar alguma coisa para ele.

— Quer que ela continue vindo? — perguntei-lhe depois de organizar tudo.

— Não sou nenhum menino! — respondeu carrancudo, balançando a cabeça.

Da cesta de costura, despontava o último trabalho de minha mãe, que deveria vir a ser uma almofada com a imagem de um gatinho branco e vermelho brincando com um grande novelo de lã. Não sei por qual motivo, talvez pelo medo de que a mulher o jogasse fora, enfiei-o na mala antes de ir embora.

— Qualquer coisa, ligue — disse eu na porta. — Fico em Veneza ainda algum tempo, num instante estou em Cormons. Nem que seja só para um trago! — gritei quando já estava no portão do jardim.

Meu pai sorriu com um sorriso que já era de velho.

---

* Revista semanal de palavras cruzadas e quebra-cabeças. [N.T.]

***

De volta ao meu estúdio, desabitado fazia muito tempo, fui assaltado pela tristeza de minha vida de solteiro. Olhava o telefone e pensava que nunca mais poderia ligar para minha mãe, levantar o fone e ouvir sua voz amada dizer: "Andrea?"

Nos primeiros dias após a morte de uma pessoa querida, somos absorvidos pelas obrigações práticas. Só mais tarde, quando não há mais nada que fazer, somos atingidos por uma vertiginosa sensação de vazio. Onde estava minha mãe? Ela já não existia, esse era o brutal dado da realidade. Mas realmente não existia ou simplesmente tinha ido para uma dimensão na qual eu não podia alcançá-la?

Quando a mão dela deixou a minha, tive a mesma sensação que experimentava na infância, quando um balão escapava de minhas mãos. Estava convencido de que o segurava com firmeza, mas de repente o via voar lá no alto, irresistivelmente atraído pelo céu.

Na Ucrânia, o reator nuclear de Chernobyl tinha explodido. Envolvido em preocupações, não dei muita atenção, mas, de volta a Veneza, não fazia outra coisa a não ser ler artigos e ver programas que falavam de uma catástrofe que marcava o fim de uma época. Nada seria como antes; crianças nasceriam com duas cabeças ou três pernas, como aquelas que ia ver no Museu de Ciências Naturais em frente à minha escola em Trieste. As radiações de césio despertariam a monstruosidade em todas as formas capazes de gerar vida; apenas as pedras ficariam excluídas daquela competição de horrores. Aliás, um amigo de Cormons, apaixonado por pesca, disse-me que, na manhã da explosão, tinha visto todos os girinos de um lago morrer misteriosamente. A televisão ainda não havia falado sobre isso.

— A Ucrânia praticamente fica ali, virando a esquina — comentou depois.

Levantava-me de manhã e caía nas garras de um desespero agudo. Para onde está indo o mundo?, perguntava-me.

Para onde estou indo eu?

E não sabia como responder.

Em novembro, ainda estava em Veneza.

Não tinha tomado nenhuma decisão sobre meu futuro. O que poupara do trabalho nos cruzeiros permitia-me algum desaperto. Estava ganhando tempo, dizia a mim mesmo; na verdade estava perdendo tempo; levantava-me todos os dias sem nenhum plano que não fosse o de chegar até a noite; durante a noite, o único objetivo era aguentar até o amanhecer, conseguindo dormir algumas horas. Bebia um pouco demais, nada excessivo, mas sim uma sucessão contínua de cálices. Por outro lado, quando a ansiedade aumenta, o que se pode fazer?

— Tome antidepressivos — aconselhava-me um amigo —, são fantásticos, em poucos dias você volta a sorrir.

Mas, além do fato de que sorrir não estava entre meus objetivos imediatos, como poderia eu, nascido e crescido na comuna de Collio, substituir um Tokai, um Sauvignon por comprimidos que agiriam dentro de mim sem que eu conhecesse os efeitos? De manhã levantava-me e, olhando-me ao espelho, ouvia a voz alarmada de minha mãe sussurrando:

— Está com uma aparência horrível.

É da ordem das coisas saber que um dia a gente vai perder os pais; no entanto, quando isso acontece de verdade, é impossível não ficar com uma sensação de desorientação. De repente, estamos sós, não temos mais ninguém que nos preceda no tempo. O futuro nos pertence e, se ele não estiver bem claro, teremos um problema. Tudo pesa sobre nossos ombros, que, se não forem fortes, poderão ceder. Eu achava que os meus eram fortes, mas, evidentemente, estava enganado. Se tivesse Erica ao meu lado e filhos — pensava de vez em quando —, tudo seria diferente.

Muitas vezes, naqueles meses, tive a tentação de procurar Érica, de voltar atrás para tentar recompor o que havia destruído com tanta imprudência. Por acaso ela não dissera: “Eu te amo e vou amar sempre?” Quem sabe, talvez tivesse me perdoado e ainda estivesse à minha espera, com seu sorriso sem sombras e seu desejo de maternidade. Apesar dessas fantasias, porém, em todos aqueles meses não dei um único passo.

Saía de manhã e começava meu giro pelos bares, todos já me conheciam. Eu entrava e me perguntavam: "O de sempre?" O de sempre era um café duplo com alguma bebida. Se o tempo não estivesse inclemente, sentava-me a uma mesa do lado de fora, enfiado em meu capote azul, e ficava observando os turistas. Meu jogo era tentar adivinhar a nacionalidade deles pelos traços físicos, pela roupa, pela maneira de andar. Afinal, não era assim tão difícil, estávamos em 1986, muita gente não estava lá, por causa da guerra fria.

Foi numa manhã gélida de inverno que ouvi passos solitários. Passos solitários num dia de neblina inclemente. Só podia ser uma criatura do Norte, pensei. Um sueco, um norueguês, no máximo um dinamarquês. Na verdade, uma, porque as passadas apressadas mais pareciam femininas. Enquanto ainda estava absorto nessas elucubrações, da neblina saiu uma voz.

E essa voz era a sua.

— Andrea! Você aqui!

Depois de um instante, você se materializou na minha frente.

— E onde eu deveria estar? — respondi instintivamente.

Ficamos olhando um para o outro em silêncio, envoltos no mesmo espanto.

— Posso? — perguntou e, vendo um gesto meu vagamente benevolente, sentou-se na minha frente.

— Está muito frio aqui fora —, disse eu para desencorajá-la de ficar.

Você ergueu os ombros com indiferença.

— Como vai?

— Indo.

Enquanto isso, tinham trazido o segundo copo de vinho branco, que bebi de um só trago.

— Minha mãe morreu.

— Lamento.

— De qualquer modo, ela não teria gostado de você.

Você baixou o olhar. De onde vinha aquele desejo de feri-la? Da pedra que eu acreditava ter posto sobre o caso?

— Voltei porque resolvi terminar os estudos.

— Bali acabou?

— Foi um parêntese.

— Um parêntese solitário?

Você ficou um pouco pensativa antes de me responder.

— Digamos que sim. Mas agora preciso pensar no meu futuro.

— E o futuro da humanidade?

O ressentimento não me abandonara.

— Há futuro? — você respondeu.

A nuvem radioativa ainda pairava à nossa volta, provavelmente já estava dentro de nós, alterando nosso patrimônio genético e dando-nos o certificado de futuros procriadores de monstros.

Pela pracinha não passava ninguém; entre nós, apenas as nuvens de vapor produzidas por nossa respiração. Você olhou o relógio.

— Tenho uma aula importante.

— Vá lá então.

Você se levantou, arrumando a bolsa de livros no ombro.

— Gostaria de ver você de novo — disse-me.

— Para quê?

— Assim, para ficarmos um pouco juntos... conversar... passear...

— Você tem o meu número — respondi cansado, depois ouvi seus passos se afastando, engolidos pela neblina.

Dois domingos depois, você me ligou às oito da manhã. Pensei que fosse meu pai, por isso atendi.

Você me apanhou de surpresa.

— O dia está lindo — sua voz estava cheia de entusiasmo. — Por que não damos um passeio?

Como fiquei em silêncio, você insistiu:

— Às dez posso estar aí.

— Está bem — concordei. Mas me espere lá embaixo.

Foi pontualíssima.

De minha casa em Dorsoduro, dirigimo-nos para as Zattere e de lá ousamos ir à praça San Marco; da Riva degli Schiavoni, depois, enveredamos pelas ruelas e chegamos a Fondamenta Nuove; primeiro o percurso exterior, depois o interior; e também fazíamos como os salmões, percorrendo no contrafluxo as ruelas e as pontes mais movimentadas, outras vezes campos e distritos apenas nossos.

No início, a conversa foi meio penosa, mas depois, com a fluidez dos passos e o ar fresco, suas palavras recuperaram a vivacidade de outrora. Falamos bastante tempo sobre Marco Polo e a China. Você estava convencida de que, de qualquer modo, aquele país seria o futuro, por isso achava importante estudar sua língua. Dentro de um ano, no máximo um ano e meio, você se diplomaria.

— E depois?

— Depois vou procurar emprego.

— Como guarda vermelha? — provoquei.

— Não, esse assunto eu já encerrei.

Você me contou, depois, que, deixando Pequim, havia ficado alguns meses em Hong Kong. Lá, longe da censura do regime, descobriu a cultura chinesa clássica, e aquilo que, no fundo, tinha sido apenas um entusiasmo ideológico pela China acabou por se transformar numa verdadeira paixão.

— Nós sempre pensamos as coisas como se fossem separadas. Vida, morte, alma, corpo. No entanto, tudo está unido no cosmos e tudo está ligado pela relação. Lembra-se de Leibniz?

— As mônadas sem portas e janelas?

— Sim! Pois não há nada mais errado.

— É mesmo! — respondi, cético.

— Claro! Nossa cultura observa tudo pelo buraco da fechadura da racionalidade. Na verdade, dependemos de fenômenos cuja existência nem conseguimos imaginar.

— Tipo?

— Tudo o que não se vê e não se pode avaliar. O espírito dos antepassados, os influxos emanados da terra, das estações, do céu... A realidade é muito mais complexa do que podemos compreender com nossa mente.

Muitas vezes eu havia pensado nisso, e foi assim que, pela primeira vez desde nosso reencontro, sorri para você.

Continuamos assim pelo restante do outono e por todo o inverno.

Caminhávamos por Veneza e conversávamos. Conversávamos e caminhávamos, sem nunca nos cansarmos.

Passei aquele Natal com meu pai em Cormons, foi de uma tristeza incomensurável; em vez de improváveis flores, levei para o túmulo de minha mãe um pequeno abeto enfeitado com fios de prata. Na casa, estava tudo em ordem, no entanto pairava entre os cômodos uma sensação de desolação. Meu pai tinha feito mal a barba, havia uma parte da bochecha em que a lâmina não passara; eu estava para comentar esse fato, mas depois achei que seria melhor silenciar.

Foi um inverno frio, com fortes nevascas, e em alguns pontos a laguna estava quase congelada.

No fim do Carnaval, período que ambos detestávamos, você me perguntou:

— Você não está um pouco cansado de andar sempre nesse tipo de labirinto?

— Sim, seria bom mudar, mas Veneza é assim…

— Nunca estive na laguna. Não daria para apanhar um barco? Afinal, você é capitão.

— Eu achava que você queria caminhar.

— Sim, mas já bancamos os hamsters por tempo suficiente, não acha?

No domingo seguinte pedi emprestado um barco a um amigo e começamos nosso passeio pela laguna. Temendo que você sentisse frio, arranjei uma capa amarela; ajudando a vesti-la, por um instante estive a ponto de abraçar você.

# 20
# Preciso lhe dizer uma coisa

Nossos passeios pela laguna continuaram com certa regularidade até o início do verão. Em junho você se formou; guardou segredo sobre a data, simplesmente apareceu na minha frente com um sorriso radiante, exclamando:

— Pronto!

Para a temporada de verão, você encontrou trabalho num hotel do Lido, pois não queria continuar sendo um peso para sua mãe.

O que acontecia em meu íntimo?

Não conseguia entender com clareza.

Naqueles meses, não houve nenhum tipo de atrito entre nós, caminhamos lado a lado como duas pessoas ligadas por profunda amizade. Durante nossos passeios, você me contava suas descobertas, seus pensamentos, falava dos livros que estava lendo. O sarcasmo de outrora aparecia só de vez em quando e estava sempre impregnado de certa amargura.

— As pessoas não são o que dizem ser — repetia, desiludida.

Havia profunda exigência de verdade em você; o que você procurava em toda parte era uma única dimensão; falsidade, hipocrisia e ambiguidade não lhe pertenciam de modo algum.

Ouvindo-a, aos poucos eu ia percebendo que justamente essa exigência nos unira de maneira tão profunda. Quando me rebelei contra meu destino de advogado, recusei um caminho que sentia não ser verdadeiro para mim. E a escolha do mar acaso não era, mais uma vez, um desejo de me confrontar com um mundo que, de alguma maneira, era real? No confronto com os elementos, não é possível nenhuma forma de ficção, conhecemos nossa fragilidade, sabemos que mentir diante da força esmagadora da natureza seria o mais tolo dos atos. Contemplar o horizonte do mar, em vez de olhar fixamente para a porta do escritório, na expectativa de que ela se abra e entre um cliente; ver todos os dias o sol nascer e pôr-se e nunca deixar de se surpreender com esse espetáculo ao mesmo tempo humilde e grandioso, não parar de ser grato por sua regularidade. Tudo isso não correspondia ao seu instinto natural de despojar-se de tudo?

Naqueles meses, seja como for, não houve de sua parte nenhum sinal que eu não pudesse interpretar com clareza. Só uma vez, quando perdi o equilíbrio e caí sobre você no barco, um inesperado rubor apareceu em seu rosto.

Perdão era aquilo?, perguntava-me de vez em quando.

Descobrir pacientemente as razões mais profundas do outro?

Entre nós, anos antes, deflagrara o fogo da paixão. Enquanto ele ardia, não fomos tocados pela suspeita de que, após a embriaguez, viria a destruição. No entanto, até uma criança sabe que, quando a lenha acaba, o fogo se apaga, assim como sabe que, se ninguém o vigia, uma faísca pode escapar da lareira, transformar-se em chama e devorar rapidamente toda a estrutura de uma casa.

Voltando para Veneza, eu ao leme, você encolhida, pensativa, na proa, eu pensava que a vida talvez seja feita de muitas fases, e o amor seja apenas a capacidade de entrar e sair das várias transformações, tendo-se a certeza de que segurar esse fio na mão, como fez Teseu no labirinto de Cnossos, é a única maneira de se salvar.

***

Quando você começou a trabalhar no Lido, voltei a navegar com uma companhia de ferryboats. Partíamos de Monfalcone, passávamos por Pireu, Esmirna, Asdode e voltávamos. A cada vez, dez dias de ausência. Naquele verão, praticamente não nos vimos. De vez em quando, dos portos, eu ligava para a sua casa; raramente conseguia adivinhar os horários dos seus turnos, e na maioria das vezes o telefone não era atendido ou eu trocava algumas frases formais com sua mãe.

— Quer deixar algum recado para a Patrizia? — perguntava-me ela regularmente antes de desligar.

— Sim, que liguei — respondia. — Que ligo de novo.

Algumas vezes, ao fundo, pareceu-me ouvir a voz de uma criança, mas não dei muita atenção.

À noite, na cabine, não tendo uma foto sua, deitava-me na cama com as mãos atrás da cabeça e tentava reconstruir seu rosto, as expressões engraçadas, as pensativas e outras que não sabia como interpretar. Andava depressa pelo convés, subia e descia as escadas, sempre absorto em meus pensamentos.

— Você está sempre movendo os lábios, parece que fala sozinho — comentou um colega.

— Sério?

Só então percebi que, na verdade, estava falando com você.

No final de setembro, você terminaria a temporada no Lido, e eu teria dez dias de folga. À medida que essa data se aproximava, fui sendo tomado por certa impaciência. Em todos aqueles meses, eu havia percebido algum vazio dentro de mim; com o tempo, aquele vazio foi se colorindo com a tonalidade de uma doce saudade.

Não desejava outra coisa, só rever você, mas era um desejo isento da inquietação que me dominara anos antes. Na verdade, de vez em quando, sentia leve ansiedade, a desconfiança de que, de novo, acabaria tendo o destino das mariposas, que nunca aprendem a lição e continuam queimando as asas. Você me falou pouco ou nada sobre Pequim e ainda menos sobre Hong Kong e Bali. A razão de seu retorno a Veneza era terminar os estudos, certamente não a de me rever.

Com esses sentimentos contraditórios, eu me aprontava para me encontrar com você.

Tínhamos marcado encontro no Campo dei Frari. Você parecia cansada. Disse ter sido difícil adaptar-se ao ritmo do hotel que, durante o Festival de Cinema, se tornou absolutamente insuportável. Os astros tinham todos os caprichos, e a direção pretendia satisfazê-los todos o mais depressa possível. Depois me disse que o professor com quem você havia se formado com louvor lhe propusera passar mais um período de estudos na Universidade de Pequim.

— Por quanto tempo? — perguntei.

— Só três meses.

— Está pensando em ir?

— Não sei, estou muito indecisa.

Em seu olhar havia uma ansiedade que nunca tinha visto antes. Estava para lhe dizer "Se for por mim, não precisa se preocupar", mas felizmente você continuou, dizendo:

— O professor gostaria que eu me tornasse assistente dele.

— E aí? — encorajei, sentindo que arrancava uma parte das entranhas. — O que está esperando? Quando o bonde passa, é preciso pular nele.

— É, tenho de pensar no futuro, mas...

— Mas?

— A vida é complicada demais, quando a gente se move, machuca alguém.

Um mês depois você partiu; acompanhei-a ao aeroporto Marco Polo. Vestida para o frio de Pequim, com uma mala a tiracolo que a fazia andar torta, vi você desaparecer além dos controles de segurança dos embarques.

Voltei a Monfalcone e parti para Asdode.

Aqueles três meses foram de absoluto suspense; eu esperava e muitas vezes me surpreendia pensando que, na verdade, não sabia o que esperava.

Em fevereiro, ao voltar para casa de uma travessia, encontrei sua voz vibrante na secretária eletrônica.

— Voltei!

Liguei imediatamente para você, dizendo que ficaria uma semana em Veneza.

Naqueles dias, fervia o Carnaval na cidade.

— Por que não fugimos um pouco para as montanhas? — perguntou você, assim que nos reencontramos.

No dia seguinte, aluguei um carro e fomos para Cortina. Deixando a excitação das pistas para trás, começamos a caminhar pela trilha que, partindo de Fiames e acompanhando o rio Boite, se embrenha na direção das cascatas de Fanes.

Durante a noite havia nevado, a paisagem estava encantada; a intervalos regulares, a neve caía dos ramos dos abetos em tombos suaves no chão. Sentamo-nos num banco, limpando a neve; uma parte do rio estava congelada, um corvo empoleirado numa rocha comia alguma coisa. Ficamos ouvindo o silêncio-não-silêncio das montanhas; de vez em quando, de longe, chegava o ronco de um carro.

Foi você que falou primeiro:

— Preciso lhe dizer uma coisa...

Meu coração começou a acelerar de maneira preocupante.

— Eu também.

— Quem começa?

— Comece você.

Pelo seu olhar, percebi que você estava procurando as palavras. Depois, com fria calma, falando baixo, você disse:

— Não estou mais sozinha.

Todo o frio que havia fora de mim entrou em minha garganta e arrancou um "Ok!" esculpido no gelo. Já estava pensando no que fazer de terrível, desmantelar o banco em que você estava sentada, mergulhar nas águas geladas e turbulentas, quando você, com um grande suspiro, continuou:

— Tenho uma filha.

Eu estava pronto para tudo, menos para aquilo. Entre nós desceu um silêncio impenetrável; nesse silêncio, em minha mente, rodei uma dezena de filmes diferentes.

— Não vai dizer nada? — perguntou você, tocando minhas luvas com as suas.

— O que deveria dizer?

— Não quer saber nada?

— Não. Ou melhor, sim. Foi uma história importante?

— Não.

— Acabou?

— Provavelmente nunca começou.

Ficamos durante um tempo bastante longo contemplando o vazio diante de nós; quando percebi os primeiros sintomas de congelamento nos dedos, virei-me para você:

— Não importa. Com ou sem, amo você do mesmo jeito.

Na semana seguinte, você chegou ao nosso encontro acompanhada por Amy. Um duendezinho luminoso.

— Cumprimente o tio Andrea! — você incentivou.

— Tio — repetiu ela, mostrando um sorriso irresistível de dentes de leite.

# 21
# Um lugar especial

Decidi passar o Natal sozinho e não me arrependi. Era um dia lindo de sol, não havia ninguém por aí; preparei um sanduíche, peguei água, binóculos e, com a mochila nas costas, fui até o nosso promontório; no início o ar estava cortante, mas com o passar das horas tornou-se tão quente que tive de tirar a jaqueta corta-vento.

Cada casal de apaixonados tem seu próprio lugar?

Não sei. Sei que nós, desde os primeiros tempos, tivemos um especial. Enquanto vivemos no Lido, nosso lugar era a laguna; compramos um barquinho de fibra de vidro e, quando estávamos livres ou sentíamos necessidade, íamos passear pelos baixios.

Foi exatamente durante um desses passeios que você me expôs a teoria chinesa do feng shui. Os lugares também influenciam o que somos, explicou; existem lugares propícios, lugares neutros e lugares nefastos. Para confirmar essa teoria, citou um restaurante no interior que, apesar de mudar de gestão, continuava falindo; tinha sido construído numa curva em cotovelo, e, segundo o feng shui, isso é prejudicial. Nunca me teria ocorrido ideia semelhante, assim como não teria passado pela minha cabeça que era necessário escolher um lugar especial para ficarmos juntos. Perguntei a razão.

— Especial porque somos nós dois, sozinhos. Tudo o que nos rodeia, preocupações, pensamentos, deixamos para trás. Finalmente estamos livres para nos dizermos tudo o que queremos.

Assim que nos mudamos para a ilha, você logo quis sair à procura desse lugar especial. Encontrou-o a duas horas a pé de casa. Era um promontório a pique sobre o mar; em tempos remotos, ali viviam monges eremitas; as diferentes colorações das rochas falavam da atividade de dois vulcões, que tinham entrado em erupção em épocas diferentes; havia rochas vermelhas, rochas escuras e extensões de plantas baixas onde nidificava uma colônia de gaivotas.

Nas estações mortas, quando do mar não subia o ruído surdo dos barcos de turistas, o silêncio humano era absoluto; ouviam-se apenas a rebentação mais ou menos violenta das ondas, os grasnidos das gaivotas em voo, o sibilo das rajadas de vento que levavam embora nossas palavras.

Sempre carregávamos dois binóculos, porque de lá de cima era possível ver a passagem das baleias. Não era frequente, mas acontecia; nesses casos raros, você ficava em silêncio, extasiada.

— Olha lá! — dizia baixinho, como se se tratasse de um esquilo que se assustaria com o som de sua voz.

— Acha que ela vai fugir, se ouvir sua voz? — perguntei uma vez, caçoando.

— Você não entende? É como estar à porta de um templo.

Ficamos assim, com os binóculos apontados para aquela enorme massa cinza que nadava não longe da costa; parecia que podíamos ouvir o sopro de seu espiráculo e que aquele sopro era também nossa respiração e a respiração do mundo. Quando, de repente, ela desapareceu na profundeza do mar, deixando por último sua gigantesca cauda, prendemos a respiração.

— Para onde ela vai? — você perguntou.

— Para os abismos.

***

Chegando à extremidade, sentei-me entre as pedras, os alecrins e os restos de ninhos da estação anterior; examinei o horizonte; não havia uma única brisa, até o mar estava inabitualmente plano; depois de um tempo, vi um grupo de golfinhos, cerca de dez; seus dorsos luzidios saltavam ritmicamente para fora da água. Estava sozinho, mas por alguns instantes tive a impressão de que você estava sentada ao meu lado, envolta em seu casaco de capuz.

Soprava o mistral naquele dia, o vento arrebatava nossas vozes; apesar do tempo inclemente, você insistiu em ir ao nosso promontório. Eu preferiria ficar em casa, quentinho. Estávamos sentados ali fazia alguns minutos quando você disse algo; percebi pelo movimento de seus lábios, porque as palavras já tinham voado para a Córsega.

— O que disse? — perguntei, aproximando a boca de seu ouvido.

— Se me fizer aquela proposta outra vez — gritou para ser ouvida.

— Qual?

— Aquela de quando você se vestiu de coveiro.

Tive um momento de perplexidade. De coveiro? Quando foi que isso aconteceu? Depois, da memória, emergiu a imagem de mim em pé à porta de sua casa com a caixinha de anel na mão.

Quantos anos tinham transcorrido?

Na certa uns trinta.

Virei-me para olhá-la. Você observava o horizonte, o vento punha a voar seus caracóis que escapavam do capuz; diante de nós estava a silhueta azulada da Córsega.

Peguei sua mão entre as minhas.

— Tem certeza do que disse?

— Absoluta.

— Não tenho o anel comigo.

Sorrindo, você enfiou a mão no bolso, fazendo reaparecer a caixinha que eu tinha atirado ao chão diante de sua casa.

— Ainda o tem?

— Você achava que eu o jogaria no lixo?

O bilhete que o acompanhava eu tinha rasgado naquela mesma noite, mas nunca me perguntei que fim tinha levado o anel.

— E aí? — você insistiu.

Suspirei fundo para me libertar de um peso que me oprimia o diafragma. Desde quando ele estava ali? Fragmentos de nossa vida juntos apareceram numa sucessão rápida e confusa em minha memória.

— Edith, quer se casar comigo?

— Quero.

Transportadas pelo vento, duas gaivotas roçaram nossa cabeça.

— Tem certeza de que quer se casar com um velho chato e ficar com ele até que a morte os separe?

— Tenho, tenho, tenho — você respondeu.

Desvencilhando-nos de capuzes, zíperes, cachecóis, luvas e da força do vento, nós nos beijamos com o alegre entusiasmo das primeiras vezes.

Voltando para casa no início da tarde, liguei a televisão para saber o que tinha acontecido no mundo. Topei com um programa em que as pessoas riam sem motivo e, com muito menos motivo, aplaudiam. Desliguei logo.

Estava um pouco frio em casa e percebi que o gasóleo tinha acabado. Era sábado e, para piorar, dia de Natal, ninguém poderia vir antes de segunda ou terça-feira. "A especialidade da caldeira é santificar as festas", disse você uma vez numa situação semelhante; segundo você, era destino inevitável passar frio nos fins de semana, como o das máquinas de lavar que devoram meias e das lava-louças que engolem colherinhas; uma avaria num dia útil é apenas a exceção que confirma a regra.

Fui ao quartinho do jardim buscar um pouco de lenha; num cesto ainda havia algumas pinhas sensatamente apanhadas havia algum tempo. Numa das prateleiras mais altas, o balanço embalado ainda estava lá. Deveria jogá-lo fora, pensei, e coloquei-o num canto, junto a alguns vasos quebrados.

Depois de acender o fogo, cochilei no sofá, protegido pelo calor de uma manta. Os sonhos que temos durante o dia são diferentes dos que povoam nossas noites?

Estou num lugar escuro, movo-me com dificuldade. Onde estou?, pergunto-me no sonho. No espaço não pode ser, porque não vejo as estrelas ao redor. De repente, avisto de lado um leve brilho, não entendo o que é, sou dominado pelo terror, depois percebo, é o focinho de um cachalote, tenho barbatanas? Escamas? Sou um peixe?, pergunto-me à procura de uma saída; nesse momento, do fundo do abismo, vejo aparecer um gigantesco tentáculo, depois outro e mais um, o cachalote e uma lula-gigante estão para começar uma luta; vejo a lula lançar-se com toda a força sobre a cabeça do cetáceo, envolvê-la, apertando-lhe os olhos e a mandíbula. Daqui a pouco, vão escorrer litros de sangue, penso, sentirei o sabor na boca, mas não conseguirei vê-lo, porque aqui embaixo reinam as trevas...

Nesse momento, por sorte, o telefone tocou e acordei.

Como você era fascinada pela história das lutas de gigantes dos abismos. Acreditava tratar-se de lendas e, quando eu disse que de fato existem lulas de quinze metros escondidas nas escuridões mais profundas, você arregalou os olhos de espanto.

— Então, lá embaixo se luta? — perguntou, assustada.

— Claro.

— Como você sabe?

— O estômago dos cetáceos mortos está cheio de bicos de lulas, eles não conseguem digerir as partes duras.

— A baleia vence sempre?

— A lula é o alimento dela, mas não sabemos. Pode ser que algumas baleias afundem por causa de ferimentos sofridos.

Já tivéramos essa mesma conversa anos antes, na laguna.

— Adoro as águas rasas — disse você dessa vez, depois continuou mais séria: — Prometa que nunca vai dizer isso à Amy.

— Nunca. Prometo! — E liguei o motor de nosso barquinho.

***

No outono do mesmo ano em que conheci Amy, começamos a viver juntos, deixei minha casa de solteiro em Dorsoduro e nos mudamos para o Lido. Foi você que escolheu.

— É um pouco menos claustrofóbico. Pode-se andar pelas ruas como se fosse um lugar normal.

Amy começaria a pré-escola e você continuaria sendo assistente de seu professor de Ca'Foscari, embora sem nenhum reconhecimento financeiro. Eu continuaria minha rotina regular ao longo do Mediterrâneo.

— Não se incomoda se estou sempre fora? — perguntei uma vez, ao partir.

— Não, assim posso viver com a alegria dos cães que esperam a volta do dono. Além disso, tem certeza de que eu o suportaria, se tropeçasse em você todos os dias?

A inauguração da casa coincidiu com o terceiro aniversário de Amy, no final de setembro. Você enfeitou o apartamento com grandes festões de papel colorido, feitos especialmente por você, e sua mãe trouxe um bolo de aniversário decorado com um coelhinho de açúcar ao lado da inscrição "Parabéns, Amy" e três velas rigorosamente cor-de-rosa.

Amy era muito apegada à avó, pois passara os primeiros dois anos principalmente em companhia dela.

Até sua mãe parecia ter renascido com aquele duende saltitando pela casa; o tempo sombrio da viuvez, envenenado pela suspeita de traição, também se dissipara graças a um encontro ocorrido alguns anos antes, no trem que a levava de Mestre a Pádua. Ela ia visitar uma amiga e acabou ficando de frente para um senhor que a olhava fixamente.

— A senhora não é Ines, mulher do Giacomo? — perguntou-lhe assim que o trem se pôs em movimento.

Naquela altura, sua mãe também havia percebido que aquele rosto não lhe era desconhecido. O nome não lhe acudia à mente, mas ela se lembrava de que ele tinha sido amigo de seu marido.

— Sou Eros, lembra? Cantava com seu marido no coro dos alpinos.

Apertaram as mãos.

— Talvez eu precise lhe pedir desculpas por uma coisa — continuou. — No dia do acidente, dei ao Giacomo o casaco de minha mulher. Sabia que a sogra dele era excelente costureira, e eu queria que o alargasse um pouco, porque, depois da gravidez, ficou difícil fechá-lo.

A morte súbita e violenta do amigo, explicou-lhe, apagou a lembrança daquele episódio, que só lhe voltou à mente nas semanas seguintes, e ele não teve coragem de ir bater à porta de sua casa e pedir o casaco de volta. Diante de uma tragédia tão grande, como poderia cometer um ato tão indelicado?

Sua mãe se iluminou.

— Se quiser, ainda está comigo!

O amigo caiu na risada:

— Que alargar, que nada. Agora minha mulher precisaria de dois. Ofereça a alguém que necessite.

Foi o que ela fez no dia seguinte. Dirigiu-se a um posto de coleta da Caritas e livrou-se dele. Lá, entre aquelas paredes amarelas, também desapareceram seus últimos fantasmas.

Contou que, voltando para casa, pensou sorrindo nas sessões espíritas de outros tempos. Como é que nenhum dos espíritos que se alternavam para falar tinha lhe dito a verdade? Talvez porque fosse banal demais! Como poderiam ter dito, através da voz rouca da médium, que o casaco precisava ser alargado? Todas teriam caído na risada.

— Seja como for, desde que aquela peça de roupa saiu desta casa, eu me sinto novamente cheia de energia. Era como uma esponja que absorvia e emanava influências negativas.

— Energia negativa é o que você tinha por dentro — foi seu comentário.

— Acho que todos a temos quando nos sentimos traídos no amor — foi a resposta dela.

Resolvido aquele abismo da memória, até a relação entre vocês ganhou novo equilíbrio; a vovó Ines era indispensável para o crescimento de Amy, e você confiava nas escolhas dela, porque, apesar de rebelde, ainda era desesperadamente filha. Você precisou se tornar adulta após a perda do pai, mas, restabelecida a verdade — ele não era traidor, não tinha vida dupla —, você se permitiu o luxo de voltar, de certa forma, a ser criança.

Além de desempenhar o papel de avó, sua mãe começou a se envolver no comitê de bairro para a luta contra a poluição de Marghera, e uma tarde por semana dava aulas de revisão de matemática a crianças e jovens sem recursos.

Naquele dia, para o aniversário de Amy, tinha levado um grande caderno de desenho e uma caixa de lápis de cor. A pequena começou imediatamente a encher as folhas com desenhos indecifráveis. Desenhando, falava em voz alta, explicando a si mesma o que estava fazendo.

Os anos passados no Lido foram marcados por uma quotidianidade serena e banal. Amy perdeu o primeiro dente, colocou-o debaixo do travesseiro, e no dia seguinte o ratinho lhe trouxe um presente. Com cinco anos, teve catapora. Com seis, entrou no ensino fundamental. Com sete, começou a praticar patinação artística.

Enquanto isso, você começava a carreira universitária; o atrevimento ambicioso dos jovens arrivistas não fazia o seu gênero, mas, seja como for, sua dedicação aos estudos a fez progredir. O ambiente acadêmico era até certo ponto hostil e cheio de armadilhas, por isso você se movia com cautela.

Eu, nesse ínterim, continuava navegando, e eram justamente essas ausências que tornaram mais agradável a ideia do regresso. Em vez de abrir a porta do meu apartamento escuro, empoeirado, com os copos empilhados na pia, assim que eu entrava na nova casa, encontrava uma menina que lançava os braços ao redor de meu pescoço gritando "tio!", como se a cada vez se repetisse um milagre inesperado.

Depois de nos mudarmos para o Lido, discutimos longamente se era certo ou não ela continuar a me chamar daquele modo; aos olhos de todos, éramos um casal apaixonado com uma filha. De fato, todos achavam que eu era o pai.

— Não seria mais simples ela me chamar de papai?

— Não, porque você não é o pai. Nunca se deve mentir para as crianças. Mentira é como bumerangue — foi sua resposta. — Você a lança, se esquece dela e, quando menos espera, ela volta e lhe dá uma pancada na nuca.

Eu tinha relegado a um compartimento secreto de meus pensamentos a consciência de não ser realmente o pai de Amy; isso se manifestava raramente e durava alguns instantes, talvez quando, à medida que ela crescia, eu distinguia em seu rosto um traço que não vinha de você ou um movimento, uma expressão que não pertencia a nenhum de nós dois.

Com a entrada no ensino fundamental, tivemos de enfrentar o difícil obstáculo do Dia dos Pais. Amy voltou para casa de cara fechada, com um papel em branco na mão onde estava escrito: *Meu papai.* Como tarefa de casa, teria de desenhá-lo e escrever embaixo uma frasezinha.

— Não sei o que desenhar! — gritou, apoiando os cotovelos na mesa.

— Desenhe o tio — você incentivou.

— Mas ele é meu tio!

— Sim, mas é um tio especial.

— Especial?

— Há pouquíssimos no mundo. É um tiopapai. Você deveria estar feliz por ter um tiopapai e não um pai como os outros.

Animada por essa notícia, Amy desenhou uma espécie de navio com uma chaminé soltando fumaça; o navio era dominado por uma figura gigantesca com uma coisa redonda na mão. Escreveu embaixo a frase: *Tiopapai salva quem se afoga.*

A partir daquele dia, tiopapai passou a ser meu apelido.

— Tiopapai! — gritava, quando ia buscá-la na patinação.

— Tiopapai, olha! — gritava, quando encontrava na praia uma concha digna de atenção.

No tempo livre, saíamos pela laguna a bordo do barquinho de fibra de vidro. Ensinei Amy a distinguir todas as aves marinhas e as garças. Assim que avistava uma, repetia em voz alta o nome dela e depois se virava, esperando minha aprovação.

Quando ela já estava suficientemente grande, comprei uma carretilha de cortiça para ensiná-la a pescar; era uma simples linha com um anzol e uma chumbada na ponta. Parei o barco num lugar que considerei adequado, lancei a âncora e ficamos em silêncio, esperando que um peixe mordesse a isca. Amy tinha brilho nos olhos, e todo o seu corpo dava mostras de excitação contida. Quando, finalmente, puxamos um pargo que se debatia freneticamente, tudo mudou; ao ver o anzol com sangue na boca do peixe e o desespero em seus olhos, ela recuou, aterrorizada por aquele corpo em contorções.

— Agora não! — gritou. — Agora não. O que estamos fazendo?

Surpreendido por aquela reação, eu disse a primeira coisa, a mais idiota, que me ocorreu:

— Vamos levá-lo para casa e comer.

Amy então desatou a chorar.

— Não! Você está matando o peixe. Quer matá-lo!

— Eu estava brincando — disse, tentando remediar; depois, usando toda a minha habilidade, consegui tirar o anzol da boca do peixe sem rasgá-la e devolvê-lo à água.

Ao vê-lo desaparecer entre as algas, Amy acalmou-se um pouco.

Mesmo assim, não me dirigiu a palavra até chegarmos em casa; lá, ela correu para os seus braços.

Você ficou com ela até que pegasse no sono, depois vi você chegar à cozinha.

— Ficou louco? — disse, agressiva. — Que ideia foi essa de fazê-la viver uma experiência desse tipo?

Tentei me defender desajeitadamente:

— Em geral, as crianças gostam de pescar.

— Talvez vocês, machos burros.

Nos dias seguintes, uma luz desconhecida apareceu no olhar de Amy. Ela falava pouco e nunca me olhava nos olhos.

Parti com aquela luz inquietante no coração. Ao voltar, porém, ela veio se aconchegar ao meu lado no sofá.

— Nós demos de comer a ele, mas não por gostarmos dele... — murmurou. — Foi uma tapeação para matá-lo.

— Meu amor — respondi, acariciando-lhe o cabelo —, você viu com seus próprios olhos que ele voltou para a água são e salvo. Agora ele está com a mãe e os irmãos.

— Tem certeza? Como você sabe?

— Sou ou não sou capitão? Sabe quantos peixes vi voltar para casa sãos e salvos?

— As tartarugas também?

— Claro!

— E os filhotes dos golfinhos?

— Naturalmente!

— E os cavalos-marinhos?

— Às centenas, e também milhares de estrelas-do-mar.

Tranquilizada por essa lista, Amy adormeceu sobre mim.

Naquele dia, naquele sofá, duas coisas ficaram claras para mim: que Amy era indiscutivelmente sua filha e que naquela manhã, no barco, o cândido universo de sua infância sofrera uma fissura definitiva.

# 22
# A filha do capitão

Brigávamos naqueles anos?

Claro que brigávamos, e até furiosamente, como todo casal que se preze. Meu temperamento é meticuloso e organizado, enquanto o seu era o oposto.

Naturalmente, não era a ordem ou a desordem em si que provocava a deflagração, mas tudo o que, nos dias anteriores, tivesse se acumulado sobre nossos ombros; problemas de trabalho, as pequenas opressões do dia a dia, as condições meteorológicas — quando o siroco soprava, brigávamos mais —, os movimentos lunares que governavam sua feminilidade. As coisas fora do lugar, em suma, eram apenas o fósforo que se acendia quando o palheiro estava suficientemente alto.

As maiores brigas explodiam quando, ao preparar a mala para partir, eu percebia que as camisas do uniforme, embora lavadas e passadas, ainda estavam cheias de manchas.

— Será possível que você não reparou? — gritava eu, mostrando a peça de roupa. — Enfiou na máquina sem verificar se precisava do tira-manchas! Quem me vê assim não vai achar que eu tenho uma mulher me esperando em casa.

— De fato, não sou sua mulher… — você respondia. — E, já que você é dotado de mãos e olhos, poderia aprender a tirar as manchas sozinho.

Seja como for, sempre se tratava de coisa passageira. Depois da explosão, quase de imediato surgiam as tentativas de pacificação. Outros motivos para brigar nunca tivemos, não havia sombras nem ambiguidades entre nós, nenhum dos dois atribuía ao outro eventuais falhas, e isso evitava que resvalássemos para a arte venenosa da recriminação.

Quando Amy era pequena, assistia às nossas brigas de boca aberta e braços balançando; percebia que, naquelas explosões, não havia nada de sério, nada de ameaçador.

Mas certa vez, quando interrompeu nossa discussão gritando "Chega, vocês são ridículos!", percebemos que ela já não nos via com os olhos apaixonados da infância, e sim com o olhar ferozmente crítico da adolescência. Já não éramos os alicerces infalíveis de sua vida, mas dois figurantes desajeitados, incapazes de representar seu papel.

De qualquer forma, Amy, por sorte, era organizada.

— Puxou a você — dizia você, e não estava claro para mim se essa frase era fonte de tranquilidade ou de preocupação. O que queria dizer que tinha puxado a mim? Queria talvez dizer que a genética, afinal, não é tão importante como acreditamos?

Numa tarde chuvosa, quando Amy era pequena, tínhamos visto juntos o videocassete de *A guerra dos dálmatas*. Diante do passeio dos cães parecidos com os donos, fiquei pensando que talvez fosse assim mesmo. A convivência marcada pelo amor produz tanta semelhança quanto a genética ou talvez mais.

Quando ficava sozinho na cabine durante a navegação, muitas vezes me perguntava se tinha feito bem em não querer saber nada sobre a concepção de Amy. Aquele buraco negro sem rosto, aquele abismo do qual só saía um grande silêncio, com o tempo poderia se transformar num monstro. E, se além de ser um fantasma de minha mente, ele se materializasse numa pessoa real? Se um dia alguém batesse à nossa porta dizendo: "Sou o pai de Amy", como ela reagiria? Com indiferença? Ou enlaçaria o pescoço do desconhecido com os braços, apagando num só segundo aquele impostor do tiopapai?

Às vezes, quando desembarcava, ia buscá-la no treino de patinação sem aviso prévio. Chegava antes do fim e sentava-me um pouco afastado para observá-la: bochechas coradas pelo exercício físico, tranças pulando sobre os ombros. Assim que se dava conta de minha presença, a expressão ao mesmo tempo concentrada e satisfeita se abria num sorriso luminoso. Ao sair do vestiário, gritava "Tiopapai!" e me abraçava, feliz e suada.

Nesses momentos, os fantasmas que povoavam minha mente fugiam como se o sol entrasse na sala.

Amy era minha filha!

E eu, seu amado tiopapai.

Aqueles anos não foram marcados por nenhum acontecimento extraordinário. Com apenas trinta e dois anos, você conseguiu se tornar professora assistente e passava um mês por ano na China, deixando-nos sozinhos, prontos para transformar nossa casa num templo de ordem e perfeição.

Dois anos depois de ficar viúvo, meu pai levou sua secretária Nives para morar com ele na casa de Cormons. Sabendo que ele tinha companhia, eu ficava mais sossegado, mas não podia deixar de pensar com certa irritação que a nova companheira ia mexer no jardim de minha mãe.

Quando Amy fez doze anos e você estava em Pequim, decidi lhe dar o presente de levá-la comigo em minha viagem habitual, em vez de deixá-la com sua mãe, como fazia sempre. Conseguir a autorização da avó não foi difícil, ela ficou feliz por passarmos o tempo juntos. Nos dias anteriores à partida, a animação de Amy estava no auge, e eu temia a sua desilusão quando visse que o trabalho do tiopapai não era tão heroico quanto imaginava.

Felizmente, não foi assim. Amy ficou entusiasmada com a viagem, e com sua curiosidade e graça conquistou toda a tripulação. Era chamada de "filha do capitão", e disso ela se orgulhava imensamente. Durante metade do ano letivo seguinte, inundou com os relatos daquele cruzeiro seus trabalhos e as conversas com as amigas.

***

Quando ela contava treze anos, pouco antes do Natal sua mãe nos deixou de maneira totalmente inesperada. Era o último ano em que lecionava e, quando nos visitava, contava todas as coisas que gostaria de fazer assim que estivesse livre. Dizia até "livre", e não "aposentada", como se a vida na escola não tivesse passado de longa prisão. Na verdade, não era assim; a opção por lecionar tinha sido dela, que amava seu trabalho, mas, evidentemente, pesava-lhe o fato de precisar estar presa a uma rotina diária. Vinha de uma família de agricultores originários das colinas de Bassano del Grappa, a mãe dela havia frequentado a escola só até o segundo ano do fundamental, e o pai dela, até o quinto. Chegar à universidade e conseguir se formar foi uma conquista para ela, mas aquele objetivo havia exigido vários sacrifícios; a guerra tinha acabado fazia pouco, o dinheiro era escasso e, para não perder a bolsa, ela precisava tirar notas altas nos exames; de distrações nem se falava. Casou-se jovem, tornou-se mãe logo em seguida e ficou viúva relativamente cedo. A vida dela, portanto, sempre havia corrido em dois trilhos inamovíveis.

Saindo finalmente do mundo do trabalho, com a filha já adulta e estabelecida, não lhe restava mais nada para fazer, caso a saúde tivesse aguentado, senão "cair na farra". Uma vez, trouxe-nos o folheto ilustrado do Interrail, programa europeu que possibilitava viajar de trem por preços acessíveis, e explicou com brilho nos olhos o itinerário que faria no verão seguinte com uma ex-colega. No ano seguinte, então, durante o inverno, certamente iria aquecer os ossos durante pelo menos um mês nas Canárias.

Algumas pessoas, pouco depois da aposentadoria, adoecem e até morrem por não encontrarem mais razões para seguir em frente. Mas não era o caso de sua mãe. Superado o trauma da viuvez e tendo emergido do pântano de ressentimento e veneno ao qual tinha sido empurrada pelo casaco com gola de pele, ela revelava sua verdadeira natureza, de pessoa apaixonada pela vida. A mesma paixão que, em você, se replicou e potencializou.

Era dezembro, tinha sido aberto recentemente um gigantesco centro comercial na periferia de Mestre. Sua mãe escolheu o dia seguinte ao de Santa Luzia para ir lá, pois estava convencida de que, após as compras dos presentes que a santa tradicionalmente trazia para as crianças, haveria vinte e quatro horas de tranquilidade antes que começasse novamente o movimento das compras de Natal.

Fazia alguns dias que sofria de uma dor de cabeça insistente, devia ser a coluna cervical, sua velha inimiga, como nos disse ao telefone, e, fosse por causa desse incômodo, fosse porque aqueles dias eram extremamente nevoentos, em vez de ir ao centro comercial com seu próprio carro, usou o serviço de ônibus que partia da estação de Mestre. Passou toda a tarde entre as lojas do centro comercial e, no fim, subiu de volta no ônibus carregada de pacotes.

Em Mestre, todos os passageiros desceram, menos ela. O motorista viu-a imóvel no espelho retrovisor. Precisava levar o veículo de volta à garagem, por isso, antes de partir, levantou-se para ir acordá-la. "Senhora, chegamos!", deve ter-lhe dito já no corredor, mas, quando tocou seu ombro, deu-se conta de que aquilo era algo pior do que um simples cochilo. A ambulância chegou em pouquíssimo tempo, percebeu-se logo que a situação era grave, fizeram tudo o que era possível, mas ela partiu antes de chegar ao hospital.

Tínhamos acabado de nos sentar à mesa para jantar, quando o telefone tocou. Fui eu que atendi, uma voz neutra perguntou por você, passei-lhe o telefone, e, com o olhar parado, você repetiu três ou quatro vezes "Sim... claro", depois voltou lívida à mesa.

— Minha mãe morreu.

Amy olhou para você cheia de ansiedade.

— É brincadeira, não é? É brincadeira?

Você já tinha o rosto inundado de lágrimas.

— Não é brincadeira.

Então Amy se levantou, empurrou com o braço todos os pratos do jantar, que voaram para o chão, e foi fechar-se no quarto, batendo a porta com violência.

Quatro dias depois, realizaram-se os funerais, a igreja estava cheia de colegas de sua mãe, alunos e amigos do comitê de bairro. Durante toda a cerimônia, mantive uma das mãos sobre seu ombro e, com a outra, tentava em vão aproximar Amy de mim, mas o que sentia era um pedaço rígido de gelo.

Foi um AVC hemorrágico fulminante. Hemorragias desse tipo, explicou-nos o médico, são geralmente causadas por um defeito congênito que pode permanecer silencioso durante muito tempo. No dia 22 de dezembro, a empresa de ônibus mandou-nos os pacotes que tinham ficado no veículo. No dia 24, estávamos todos em volta da árvore e, sob ela, os presentes de sua mãe.

O maior e mais pesado já sabíamos que era para Amy, sua mãe tinha dito antes que ia lhe dar patins novos. Nos outros pacotes havia embalagens de cremes faciais para você — "Está envelhecendo, precisa começar a cuidar de si mesma" — e uma garrafa de uísque para mim. O quarto pacote, grande e leve, continha uma mochila de viagem bastante espaçosa.

— É um presente que ela comprou para si mesma — disse você, abraçando-a com afeto reverente.

Apesar de nossos incentivos, Amy se recusou a abrir o presente e agarrou quase com insolência a mochila de seus braços, dizendo:

— Isto é para mim.

Foi um Natal tristíssimo.

Estávamos preocupados com as reações de Amy. Era evidente que nos pedia uma resposta para aquele vazio repentino, e nós estávamos despreparados para dá-la. Certa noite, discutimos em voz baixa em nosso quarto.

— Vamos dizer que foi para o céu...

— Não se mente para as crianças!

— Quem lhe disse que é mentira?

— Minha mãe está debaixo da terra.

— Sua mãe não estava toda lá. Eu sei que a minha está no céu e vivo tranquilo assim.

— Sorte sua — disse você, e, pela primeira vez desde que começamos a viver juntos, adormecemos de costas um para o outro.

# 23
# O presente das abelhas

A meteorologia anunciou uma semana de vento sudoeste; por isso, antes que ele me arrastasse para sua melancolia, decidi deixar a ilha e ir para Florença. Na internet, reservei entrada para os Uffizi e um quarto no Monna Lisa, hotel que fica atrás da igreja de Santa Maria del Fiore, aonde fomos juntos várias vezes.

Nossa vida na ilha não era sempre idílica.

Teria sido assim, talvez, se Marco tivesse crescido conosco, e se Amy, por razões que não nos eram totalmente claras, a certa altura não tivesse decidido desaparecer de nossa vida. Aprendi a conhecer a sensibilidade que você tinha às mudanças meteorológicas, por isso geralmente conseguia prevenir as crises levando-a para passar alguns dias em um lugar onde você conseguisse se distrair, e Florença, pela proximidade e pelas muitas coisas para fazer e ver, era um de nossos destinos preferidos.

Nem sempre conseguia.

Às vezes, você fincava pé com uma teimosia típica.

— Por que quer ficar aqui sofrendo? — perguntava-lhe.

— E o que mais deveria fazer? Minha vida foi um fracasso. Fui péssima mãe, péssima filha…

— Mas foi a companheira mais adorável que eu poderia ter.

— Diz isso para me consolar.

Quando eu pressionava, insistindo: "Você não foi de todo péssima mãe, nem péssima filha", você se desfazia em lágrimas e, com voz de criança, murmurava: "Você acha?"

A ideia de cuidar de abelhas foi uma espécie de terapia recomendada por Tina, uma amiga que fazia apicultura numa fazenda em Val d'Orcia. Você foi lá passar vários fins de semana para aprender os primeiros rudimentos, depois encomendou a colmeia na internet e um dia voltou à ilha com uma caixa de isopor que continha o que você chamava de "bicharocas".

A terapia funcionou bastante bem; graças ao fato de cuidar delas, à observação daquele mundo tão perfeito e magicamente complexo, você encontrou um equilíbrio que a acompanhava da primavera até os primeiros meses do outono, quando as abelhas formavam clusters e iam dormir.

Eu ouvia você falando frequentemente ao telefone com Tina, discutindo coisas que me pareciam impossível entender, pedindo conselhos e contando o que acontecia na colmeia.

Não sabia o que era cluster, por isso, um dia perguntei.

— É uma bola de abelhas que se assemelha um pouco a um coração — respondeu você. — No meio fica a rainha e, ao redor, um punhado de abelhas, tremulando os respectivos abdomes, a mantém aquecida. Para permanecer fértil, a rainha precisa viver numa temperatura fixa de 37 graus, e o cluster serve para isso.

Infelizmente, no inverno você não precisava fazer nada pelas abelhas, a não ser verificar, nos dias menos frios, se as reservas de alimento não tinham acabado, e, assim, as crises eram mais frequentes.

Eu gostaria de ser o seu cluster, mas não sabia como.

— Tem certeza de que quer continuar morando aqui? — perguntava-lhe de vez em quando. — Por que não vendemos a casa e vamos viajar pelo mundo?

Você balançava a cabeça, indignada com essas propostas:

— Quer que a gente se transforme naqueles aposentados patéticos que viajam tirando selfies? Este é o lugar que escolhemos, e é aqui que devemos ficar.

— Ninguém nos obriga — tentava eu, timidamente, mas você era irredutível.

Sempre tinha sonhado envelhecer num lugar como este, sentia-se viva de verdade só aqui, com o mar em torno, o vento e o horizonte sem limite do céu.

Mesmo assim, às vezes eu conseguia arrastá-la para fora: íamos a Florença, a Siena, a visitar sua amiga Tina em Val d'Orcia, mergulhar nas águas quentes das termas de Bagno Vignoni. Dirigindo pelas colinas toscanas, conseguíamos, de vez em quando, falar com mais serenidade; relembrávamos a infância de Amy, tentando atinar com algum acontecimento do qual não tivéssemos nos dado conta e que pudesse ter solapado seu equilíbrio futuro.

— Você fez tudo o que uma mãe que ama a filha poderia ter feito — repetia-lhe.

— Eu era uma mãe muito jovem, distraída por mil coisas.

— Não acho que a juventude seja um agravante, ao contrário. Nem o fato de ter interesses.

Às vezes eu perdia a paciência:

— Onde está escrito que é preciso ser perfeito? Em lugar nenhum! A perfeição não faz parte da vida, e, se nos libertássemos dessa obsessão, talvez nos libertássemos também do fardo dos sentimentos de culpa, da constante ruminação entre o que foi e o que não foi. Além disso, você acha que não sofro? Acha que todas as noites, antes de pegar no sono, não penso nela? Seja como for, sou pai dela e sei que sou um bom pai. Acha que eu também não vivo com uma voragem no coração?

No destino das pessoas há um mistério à espreita, deveríamos estar sempre conscientes disso. Embora não ousasse confessar, eu pensava naquela zona escura dentro dela, que não percebemos de imediato, talvez uma projeção da sombra do homem que a gerou, mas sobre isso você silenciava, e nunca tive coragem de lhe perguntar nada.

Com o tempo, esses tormentos, muito intensos nos primeiros anos na ilha, foram se atenuando graças aos cuidados com as abelhas, as galinhas e o jardim, graças aos livros sobre os quais você passava horas debruçada. Ou talvez – penso agora com atraso – não tivessem realmente se atenuado, e você só sentisse pudor em exibi-los.

Assim, acabamos por viver serenamente um ao lado do outro com uma lâmina de gelo cravada no coração. Ela ficava lá como o permafrost na Sibéria. Ficava lá, e nenhum guru, nenhuma pílula, nenhuma terapia poderia derretê-la, a não ser o retorno de nossa filha.

Cheguei a Florença no final da tarde e, na manhã seguinte, já estava na entrada dos Uffizi quando as portas se abriram. As salas em que me demorei mais tempo foram as das pinturas medievais, a *Maestà* de Cimabue, Duccio da Buoninsegna, Giotto, a *Anunciação* de Simone Martini, a *Adoração dos Magos* de Gentile da Fabriano. Todo o ouro daquelas auréolas e toda a luz emanada daqueles rostos santos ficaram comigo também à tarde, enquanto eu zanzava pelo centro. Jantei no nosso restaurantezinho preferido no Borgo Pinti.

— Sozinho hoje? — perguntou o proprietário, ao me ver entrar.

— Sim — respondi —, minha mulher está viajando.

No quarto, adormeci quase de imediato, para acordar depois, sobressaltado, às quatro da madrugada, com uma sensação de desorientação, como acontece quando a gente dorme numa cama que não é nossa. Tinha nos olhos a imagem de uma Virgem. Todas aquelas Nossas Senhoras da manhã, pensei, devem ter influenciado minha memória. Enquanto voltava a adormecer, tive a clara sensação de que era a Virgem querida de minha mãe, a de Castelmonte; tinha nos braços um menino régio, a quem oferecia um seio descoberto. Já na infância, aquela pequena nudez entre todos aqueles trajes suntuosos me perturbava um pouco. Mas, no fundo, pensei antes de voltar a adormecer, que mal há em nutrir e ser nutrido?

***

No dia seguinte voltei a Livorno. Todos os ferryboats estavam atrasados por causa do mau tempo. Sentei-me no bar para ler *Il Tirreno*, ao meu redor havia um vaivém de máscaras. Desde que deixara de morar em Veneza, nunca me dava conta da chegada do Carnaval. Amy também não gostava; só uma vez, aos nove anos, quis se fantasiar de foca.

Enquanto estava pensando naquela imagem, uma zumbi se afastou do grupo e veio em minha direção. Espero que não me espirre nada, pensei, irritando-me só de pensar nisso, mas a zumbi, em vez de sacar um spray, gritou:

— Senhor Andrea! Não me reconhece?

— Não costumo frequentar zumbis — respondi.

Ela começou a rir:

— Que tonta!

Quando tirou a máscara, apareceu o rosto de Matilde, uma das amigas mais queridas de Amy na época do colegial no Lido. Estava a caminho de uma festa com um grupo de amigos.

Sentou-se à minha mesa e nos pusemos a conversar. Tinha entrado na escola de restauradores, tirado o diploma e, se bem que em regime precário, trabalhava com alguma regularidade. Enquanto falávamos, passou por nós um grupo de diabos que nos borrifou espuma, mas naquela altura já não me importava com nada.

— Ainda tem contato com Amy? — perguntei à queima-roupa.

Percebi que ela hesitou um momento, incerta sobre a resposta.

— Sim, esporadicamente...

— Então tem alguma coisa, o e-mail dela, o endereço, o número do celular?

— Alguma coisa... Sim.

— Tipo?

— O número de celular, o endereço, mas ela não...

— Não é de mim que você precisa proteger sua amiga.

A zumbi mordeu os lábios:

— De fato, não é que...

Eu já estava com o telefone na mão.

— Diga! — intimei com a peremptoriedade com que dava ordens a bordo.

Cheguei à ilha, a noite já estava adiantada.

A casa estava escura e fria, na minha ausência a caldeira tinha ficado entupida. Eu não tinha nenhuma vontade de ir dormir, andava de um aposento a outro, inquieto.

Finalmente tinha uma pista, um fio, ainda que emaranhado, que poderia me levar até ela.

Depois de alguns anos de silêncio de Amy, você tinha dado sumiço, numa caixa, às fotos dela que se espalhavam pela casa: na estante, na geladeira, na cômoda do quarto. Não havia ódio naquele gesto, apenas uma tentativa de represar o sofrimento.

— Não posso continuar a vê-la, sabendo que não posso alcançá-la.

Reuniu as fotos numa caixa de biscoitos Krumiri, lembro-me bem; por isso, apesar da hora, do frio e do cansaço, comecei a procurá-la na desordem da casa. Encontrei-a no seu escritório, enterrada sob uma tonelada de revistas. Abri-a com receio, como se o ar pudesse prejudicar as relíquias.

A primeira coisa que apareceu foi a caixinha com o primeiro dente caído; depois, em ordem dispersa, as fotos de quase vinte anos de vida em comum. Fui à cozinha e organizei-as na mesa, como se fossem peças de um quebra-cabeça. Você no hospital, com a menina recém-nascida no colo. A festa dos três anos, ao lado da avó e do bolo com coelhinho. Um passeio na laguna, apontando para os cormorões. Os treinos de patinação. Ela vestida de foca enquanto eu finjo que vou lhe jogar uma bola. A primeira vez que calçou esquis em Cortina. Ela de perfil ao crepúsculo, na praia do Lido, mostrando já no corpo as mudanças da pré-adolescência. Ela com Marco no colo, exibindo-o com ar radiante, como se fosse um troféu pessoal.

Depois de retirar todas as fotos, encontrei no fundo um envelope fechado, em que estava escrito com a sua caligrafia nervosa: *Para Amy, de sua mãe.*

Quanta energia explosiva estava contida naquela carta? Apesar do cansaço, não consegui fechar os olhos.

# 24
# O mapa do tesouro

A morte de sua mãe foi precoce em vista da idade e inesperada em vista da rapidez, mas a dor que causou foi uma dor natural, fisiológica, não muito diferente da que eu mesmo senti com a morte de minha mãe. No próprio conceito de filho já está contida esta promessa: um dia você se sentirá desorientado — ou, às vezes, até libertado — ao ficar órfão. A realidade oposta — um pai que perde um filho — está tão fora de qualquer sentido do humano que nem temos um nome para definir essa condição.

Lembro-me de que, quando criança, ao acompanhar minha mãe ao cemitério de Cormons para visitar a sepultura de meus avós, sentia grande espanto ao ler lápides nas quais, às vezes com palavras pomposas, se recordava que lá embaixo estava sepultada uma criança: *Nosso querido anjinho... Arrebatado para o céu... Uma doença infame...* Enquanto minha mãe cuidava de trocar as flores da sepultura familiar, eu saía pelos caminhos para ler todas as histórias dos meus coetâneos que já não estavam aqui.

No ano seguinte ao da morte de sua mãe, Amy terminaria o segundo ciclo do ensino fundamental. Discutimos durante todo o verão que tipo de colégio seria mais adequado para ela; era realmente difícil escolher um caminho sem ter ideia clara de quem era aquela que deveria trilhá-lo.

Quem era Amy?

Analisamos longamente suas aptidões, os traços de caráter que a levariam a brilhar numa carreira mais do que em outra. "Brilhar" na verdade não era a palavra adequada, porque nem você nem eu jamais tínhamos pedido que ela se destacasse na escola. Para nós, o mais importante era que tivesse interesses, curiosidade pela vida. Na escola sempre tinha se saído bem, mas ficar debruçada sobre livros sem dúvida não era sua paixão.

— Impossível, mutável — disse-me você uma noite, antes de apagar a luz. — No fundo, acho que ela tem índole de artista.

Assim, descartando o clássico e o científico, optamos pelo liceu artístico. Ela hesitou um pouco porque nenhuma de suas colegas de escola iria para lá, mas, quando lhe mostramos o currículo, convenceu-se. Afinal, desenhar era a única paixão que nunca a abandonara, e ela estava feliz por ter de apanhar o *vaporetto* todos os dias para ir a Veneza. Como todos os adolescentes, o lugar onde cresceu, o Lido, começava a lhe parecer pequeno.

Assim, ao voltar de uma das minhas viagens, não me surpreendi ao encontrar afixado na porta de entrada um post-it amarelo grudado sobre um grande desenho colorido.

*Para tiopapai, este é o mapa do tesouro.*

Assim que entrei, encontrei vocês duas unidas por uma cumplicidade risonha. Algo que me dizia respeito as tornava extremamente alegres.

— O que foi? O que devo fazer? — perguntei, com o papel na mão e a bolsa na outra.

— Não está vendo? — responderam as duas em coro. — Precisa encontrar o tesouro!

Comecei imediatamente a estudar o mapa. Como primeiro passo, tive de trepar numa cadeira e olhar em cima do aquecedor de água, depois rastejar debaixo da cama da Amy, abrir um monte de gavetas, ir duas vezes à sacada espiar entre os gerânios ressequidos, enquanto vocês continuavam a dizer "quente, morno", "gelado, frio", dependendo de minha proximidade ao objetivo. A última etapa foi a geladeira. Lá, no compartimento das verduras, pousado em cima das habituais cenouras emboloradas, finalmente encontrei o tesouro. Um grande envelope em que Amy tinha desenhado uma montanha de dobrões cintilantes.

— Abre! Abre! — repetiram em coro.

Sentei-me então no sofá, entre vocês, cantarolando:

— O que será que tem dentro... O que será que tem dentro...

Dentro havia um ultrassom.

A primeira imagem de nosso filho.

Fiquei imóvel, paralisado pela emoção enquanto vocês duas me abraçavam dizendo:

— Parabéns, papai... parabéns, tiopapai!

Nos meses seguintes, parecia que eu não estava vivendo, mas voando. Havia em mim uma animação jubilosa que retirava de meu corpo o peso da matéria. Desde os seis anos, Amy pedia insistentemente um irmãozinho.

Uma vez, com uma peça de dominó na mão, tinha dito:

— Que espécie de família somos nós três? Só um triângulo. Devíamos ser pelo menos quatro, fazer um quadrado e dar-nos as mãos.

Durante todos aqueles anos, havíamos tentado ter um filho, mas ele não veio. Você já estava entrando na idade em que a fertilidade diminui, e minhas esperanças também tinham se atenuado silenciosamente. Um filho, pensava eu, não é como uma promoção no trabalho, algo que se pode exigir com papéis na mão; é, no fundo, o que de mais misterioso pode acontecer na vida de um ser humano. A gente não sabe se vem, não sabe quando virá, como virá, nosso desejo conta pouco ou nada.

Os filhos vêm quando menos se espera e, às vezes, quando não se deseja. Depois de nove meses, um novo ser está ali à nossa frente, e estupidamente nos convencemos de que seu nascimento depende de nós, de nossos esforços; achamos que, no fundo, não é muito diferente de um jardim que, com cuidados e nutrição adequados, um dia nos recompensará com uma magnífica floração. Mas nem sempre é assim. Sobre a cabeça dele — e sobre a nossa — está suspensa a invisível espada de Dâmocles do destino.

O mistério do filho está intimamente ligado ao mistério do destino. A gente emprega todas as forças, todo o conhecimento, toda a sensibilidade, mas o jardim a que tantos cuidados são dedicados não floresce, ou isso não ocorre no tempo que estabelecemos.

Marco nasceu após uma gravidez normal. Não houve nenhum problema com o parto, ele se alimentou logo e com regularidade. Era um menino tranquilo.

— É o pai escrito — comentava você, amamentando.

— Tomara que não — respondia eu.

A tez era de minha família, ao passo que a compleição se parecia mais com a sua. Quando se desfez o véu que cobria o olhar dele, não tive muita dificuldade para reconhecer a mesma luz que iluminava os olhos de minha mãe.

Assim que podia, Amy o pegava no colo.

— Cuidado — dizíamos —, é frágil.

— Só estou apertando um pouco — respondia ela, cobrindo-o de beijos.

O nascimento do irmão parecia ter compensado a dor pela perda da avó; os inquietantes sinais de rebeldia que tínhamos notado meses antes pareciam ter-se dissipado, ela colaborava com você em tudo o que dizia respeito a ele e, quando teve permissão de ir com ele ao parque, ficou radiante. Falava com ele o tempo todo.

— Quando você for maior, vai no escorregador... Quando crescer, vai dar empurrões nos outros meninos...

Na verdade, tinha começado a falar com ele já na barriga.

— Tenho certeza de que está me ouvindo, me entendendo!

Contava-lhe o que tinha feito na escola, o que estava acontecendo no mundo. Beijava seu suéter esticado dizendo:

— Estou esperando, irmãozinho.

Também fazia planos para o futuro dele. Ele se tornaria capitão como o tiopapai e sairiam juntos à descoberta do mundo.

Você também tinha assumido uma expressão serena naqueles meses.

— Agora seremos quatro — dizia. — Agora podemos nos dar as mãos e formar um quadrado.

Ao longo dos anos, nossa relação tinha se estabilizado, criado raízes profundas. Para ambos, a chegada de Marco havia sido a concretização natural de nosso amor. Uma noite, nos últimos meses de gestação, enquanto tomávamos ar fresco na sacada, e Amy já dormia, eu lhe disse:

— Não acha que já está na hora de regularizarmos nossa situação?

O olhar que você me lançou prenunciava uma daquelas suas tiradas temíveis.

— Acha que a chegada de um filho é como a renovação da carta de motorista?

Na verdade, eu queria repetir a pergunta que fizera vinte anos antes na porta de sua casa, mas o medo de um novo desprezo me levou àquela fórmula tristemente burocrática.

— O amor não precisa de papéis — acrescentou. — Nós sabemos que nos amamos sem precisar de um documento ou de um carimbo para atestar isso.

Fiquei magoado, mas resolvi não levar a sério.

— Na verdade, você não vê a hora de se livrar de mim...

Você me deu um empurrãozinho afetuoso.

— É você que não quer reconhecer o filho.

— Ah, em vista dos antecedentes, poderia até pensar nisso — respondi sorrindo.

Brincamos, porque aquele era nosso modo de desdramatizar, mas daquela vez a brincadeira não conseguiu dissipar os fantasmas evocados por nossas palavras.

***

Marco já se sentava, tinha uma bela cabeçorra loira, qualquer coisa que lhe déssemos ele levava à boca para sentir o gosto e aliviar o incômodo dos dentes. Na hora de comer, batia ruidosamente as mãos na cadeira, divertia-se cuspindo a papinha e bagunçando tudo em volta com as mãos.

Teimosamente, Amy já tentava ensiná-lo a falar: "papai" ou "mamãe", repetia, sílaba a sílaba, na frente dele, e irritava-se quando eu lhe lembrava que ele não era papagaio e ainda levaria um bom tempo para aprender.

A primeira ligação recebi enquanto navegava.

— O Marco não está bem — você disse.

— Deve ser resfriado, ligue para o pediatra.

Até então você nunca estivera ansiosa, por isso fiquei surpreendido com sua agitação.

Liguei no dia seguinte, um pouco apreensivo.

— O que o pediatra disse?

— Que não é nada.

Fiquei aliviado.

Mas quando voltei para casa e você me abriu a porta, logo percebi preocupação em seu olhar.

— Algo não vai bem — disse-me.

Vendo Marco deitado no berço, percebi que você tinha razão; sobre seus olhos transbordantes de vida pousara um véu não muito diferente daquele que torna opacos os olhos dos peixes apanhados no anzol. Ele já não estendia as mãozinhas para agarrar as coisas, sua pele rosada e perfumada tornara-se amarela e seca como a de um velho.

Tirei um período de licença, e teve início nossa peregrinação pelos hospitais. Em Pádua, no Mayer de Florença, no Bambin Gesù de Roma. Ninguém entendia o que ele tinha. Levantavam-se hipóteses, enquanto isso Marco continuava definhando.

Bem cedo nos acostumamos a vê-lo numa cama de plexiglass, com o corpo atravessado por tubos. Você nunca parava de falar com ele, acariciá-lo, e ele respondia com sorrisos cada vez mais fracos, com gorgolejos que não conseguiam ganhar forma.

No final, o diagnóstico foi o de uma síndrome genética raríssima. Uma daquelas síndromes cuja origem se ignora e desconhece-se a cura.

Três meses depois, Marco se apagou enquanto você lhe contava uma história.

— A última coisa que ele ouviu foi minha voz — disse-me você, assim que nos encontramos no hospital. — Ouvi as máquinas apitando, a respiração dele parando.

Dei-lhe um abraço forte, e ficamos assim durante muito tempo, em silêncio. Nenhum de nós tinha lágrimas para derramar, eu a apertava, beijava sua testa e sentia seu corpo rígido, imóvel, sobrecarregado por uma dor que não podia produzir outra coisa a não ser hibernação.

Na semana seguinte, os funerais.

Tínhamos mantido a notícia em segredo, a morte de uma criança provoca uma agitação inútil; assim, à parte nossos amigos mais chegados, na igreja não apareceu ninguém. O caixãozinho branco não era muito maior que um pacote postal, eu poderia facilmente metê-lo debaixo do braço e sair como se nada fosse.

Aos pés do altar, o minúsculo féretro gritava o despropósito daquela morte; o padre engrolava as palavras por causa da dentadura. Quando disse: “O Senhor amou infinitamente Marco, porque o chamou para junto de Si a fim de subtraí-lo das durezas da vida”, você tapou os ouvidos com as mãos para não ouvir.

Depois da cerimônia, o pequeno ataúde foi embarcado na lancha da funerária para ser levado ao Piazzale Roma por um carro apropriado. Nós três o seguimos em silêncio até Cormons em nosso automóvel. Num farol, vi uma senhora se persignar apressadamente e um homem fazer o sinal dos chifres como forma de espantar mau-olhado.

Marco foi sepultado no túmulo de minha família.

Meu pai juntou-se a nós para o enterro; veio com a companheira, tinha os olhos vermelhos, mas talvez fosse apenas o rubor dos velhos.

— Minhas condolências — sussurrou desajeitadamente Nives.

Voltamos a Veneza na mesma noite, sem nunca interromper o voto de silêncio.

Dois dias depois, Amy entrou em casa com um piercing no nariz.

— Que ideia foi essa? — perguntei-lhe.

Você deu de ombros com indiferença, e naquele instante preciso percebi que, mais uma vez, perderia você.

# 25
# O tempo da amargura

Passei uma tarde e uma noite vendo vídeos no YouTube e lendo na internet tudo o que podia achar sobre apicultura. Por via das dúvidas, no final liguei para Tina a fim de pedir conselhos.

— Estou feliz por você ter decidido cuidar das abelhas da Edith, é exatamente o que ela desejaria.

— Entre falar e realizar há no meio o mar.

Ela começou a rir.

— No fundo, se ela tivesse deixado um cão, acho que você não o abandonaria.

— Claro que não.

— Vai ver que as abelhas não são muito diferentes de um cão.

— Você acha? Tenho a impressão de que preparar a comida e jogar uma bola seria muito mais simples.

Tina então me convidou a ir passar uns dias na casa dela em Val d'Orcia para fazer um curso rápido sobre as noções básicas.

Agradeci.

— Quem sabe mais para a frente, por enquanto quero tentar sozinho.

— Bom, qualquer coisa, é só telefonar.

— Você acha que vão me atacar? — perguntei hesitante antes de desligar.

— Antes de mais nada, compre um macacão e uma máscara, acho que o de Edith não vai lhe servir. O importante é ficar calmo, as abelhas são mais ou menos como os cavalos, percebem o nervosismo de quem se aproxima. De qualquer modo, não se preocupe, as que dei a Edith eram muito pacíficas.

Encomendei o equipamento pela internet, e ele chegou quatro dias depois. O tamanho estava certo, mas fiquei um pouco desapontado com a consistência e a espessura do tecido, esperava um material tecnológico de astronauta, não um normalíssimo macacão de algodão.

Antes de experimentar, parei para observar pela janela da cozinha as três colmeias no fundo do gramado. Fazia algumas semanas que as temperaturas tinham subido consideravelmente, o jardim e a natureza ao redor pareciam concentrados em reunir as últimas forças antes de explodirem na euforia da primavera. Esse triunfo iminente parecia já ter sido percebido pelas abelhas, pois, apesar de a aparência da vegetação ainda ser decididamente invernal, elas zumbiam por todo lado à procura de alimento.

Pela hora do almoço, finalmente vesti o macacão amarelo e a máscara. *Visite-as sempre nas horas mais quentes*, li na internet, *pois, como muitas delas estarão fora, será mais fácil encontrar a rainha.*

Com algumas velhas cascas de árvore, acendi o fumigador e, assim, sentindo-me a pessoa mais desajeitada do mundo, dirigi-me às colmeias.

Primeiro bati, como você fazia.

— Queridas abelhas — disse eu —, não sou a Edith, mas o homem que a amou toda a vida. Aceitam que eu cuide de vocês?

Minhas palavras não produziram nenhuma alteração no zumbido do enxame. Interpretei como sinal positivo. Se tivessem emitido um rugido, eu teria recuado em boa ordem, deixando-as entregues a seu destino.

Levantei a tampa com as alavancas, e diante de meus olhos apareceu um delírio fervilhante. Sabia que devia procurar a rainha, mas ninguém tinha me dito que um caixilho de apiário não é muito diferente do metrô de Hong Kong na hora de pico. Além disso, a rainha não tem coroa, cetro, nada, é só uma abelha um pouco maior que as outras.

Sabe-se lá quantas horas passei curvado sobre elas. Enquanto espreitava um caixilho após outro, fiquei pensando que aquela atividade não era muito diferente de alguns quebra-cabeças da *Settimana Enigmistica.*

*Aguce a mente! Encontre o intruso!*

Será por essa razão que cuidar de abelhas acalma a mente? Ou será pela cantilena tênue e ininterrupta que elas emitiam, não muito diferente da repetição dos mantras dos monges budistas?

Quando voltei para casa, passando das três, sentia uma paz que fazia muito tempo estava distante de mim.

Liguei novamente para Tina.

— Estavam lá duas rainhas, a terceira não estava. Parece que não há mais nada para comer.

Ela me explicou como fazer o xarope de açúcar. Desligado o telefone, fui ao armazém procurar os alimentadores.

O dia se passou assim. Mais tarde, em vez de uísque, fiz um chá como aquele que você tomava todas as tardes.

A carta que você havia escrito a Amy ainda estava lá, sobre a mesa. O que eu deveria fazer? — perguntei a mim mesmo, sem saber responder. Certamente, naquelas páginas escritas com o medo de uma morte repentina, eu descobriria a verdade sobre o nascimento de Amy.

Que direito tinha eu de abrir?

Nenhum e todos.

Nenhum, porque era algo que dizia respeito apenas a vocês duas. Todos, porque eu tinha sido o tiopapai de Amy, e saber que ela estava perdida pelo mundo e não poder fazer nada deixava-me num estado de angústia e sofrimento. Será que saber algo mais sobre ela me ajudaria ou afundaria definitivamente nosso relacionamento?

Eu dava voltas em torno daquele envelope como um tigre em volta da presa, minha mente e meu corpo estavam prontos para o bote. Mas esse bote eu não conseguia dar.

***

Quando penso nos meses seguintes à morte de Marco, vejo uma vasta extensão de terra queimada, por onde caminha um homem só e desesperado, que não se encontra num deserto, mas num lugar onde antes a vida prosperava. Sobre aquele solo conhecido e amado, abateu-se um vírus que queimou tudo, e ao homem só resta caminhar sem rumo sobre aquela terra desolada. Mesmo que eu tivesse chamado, mesmo que tivesse gritado, quem teria atendido?

Tanto você como Amy tinham desaparecido em mundos nos quais era difícil alcançá-las. Você estava num continente, e Amy, em outro, sem nenhum tipo de comunicação entre as duas.

Com as poucas forças que eu tinha, tentava ir de uma à outra. Tinha sempre pronto um colete salva-vidas para trazê-las de volta, mas, mesmo quando o lançava, vocês ignoravam, voltavam o olhar para o lado oposto.

Até então, nunca tinha pensado que o tempo da amargura pudesse chegar também para mim. Acordava todos os dias naquela terra estéril e todas as noites me deitava naquela mesma terra estéril, com a esperança de que chegasse o breve conforto do sono. Acreditava que evitar o remorso era o caminho mais sábio para escapar da amargura, mas não era o que acontecia.

Não ter remorsos, no máximo, pode nos salvar do pântano da recriminação, do colar de *ses*, enfiados um após o outro como pérolas. *Se não tivesse feito isso... Se não tivesse dito... Se tivesse escolhido isto em vez daquilo... Se tivesse dado aquele passo para a frente e não para trás...* Pérolas que brilham como lâminas minúsculas, não matam, mas cada movimento nosso se transforma na pequena e ardente ferida do remorso.

Na verdade, até então eu tinha feito tudo o que considerava correto. Se tivesse me casado com Erica, provavelmente a certa altura teria me arrependido de não ter me casado com você. Se tivesse continuado no mundo fútil dos cruzeiros, talvez um dia, olhando-me ao espelho, tivesse me arrependido de ter abandonado o mundo mais sóbrio dos ferryboats e dos navios mercantes.

Desde criança, sentia em mim a profunda necessidade de alcançar o coração verdadeiro das coisas e por essa necessidade eu tinha pautado todas as escolhas de minha vida. Fizera isso mesmo quando a realidade à minha volta, a do bom senso, me impelia a duvidar da correção de minhas ações.

Naquela época, frequentemente me vinha à mente o destino de Jó. Jó era um homem justo, ainda assim havia sido atingido por todo tipo de infortúnio. Acaso não me acontecera o mesmo? Não havia sombras em minha vida; apesar disso, a Sombra se lançara sobre mim, espalhara veneno em meus passos, para destruir tudo o que eu tinha construído até então.

Pois bem, o tempo da amargura era o tempo da prestação de contas, da balança que eu tinha nas mãos e que pendia sempre para um só lado, o da injustiça.

Você, em vez de se desesperar, chorar, pedir ajuda e conforto às pessoas que lhe queriam bem, afundava num silêncio soturno, e a única conversa que se podia manter com você tinha a concisão do monossílabo. Um mês após a morte de Marco, você voltou à universidade, mas comprometer-se com as aulas e os exames não a aliviou de modo algum da devastação que agia em seu íntimo. Você ia trabalhar, voltava para casa, fazia compras, cozinhava com a perfeição impessoal de um robô. Seu corpo realizava as ações habituais sem que sua pessoa estivesse presente.

Por outro lado, Amy estava escorregando de nossa vida como um peixe que de repente descobre uma malha maior na rede e aproveita para ganhar o largo. Você já não a enxergava. Eu, sim, mas não tinha a capacidade de enfrentá-la, trazê-la de volta para dentro de nossa família, que, mesmo já não sendo um quadrado, ainda era um triângulo. Não éramos muito diferentes de três náufragos. A jangada ia à deriva, e nem o Capitão conseguia governá-la.

Amy, quando estava em casa, passava o tempo desenhando esqueletos dançantes, morcegos, zumbis que se entredevoravam.

— São suas lições de casa? — perguntei tolamente um dia, e ela rugiu:

— Não está entendendo? É tudo o que eu tenho por dentro!

Fui à escola falar com os professores, e eles sugeriram que ela fizesse algumas sessões com um psicólogo, mas ela recusou.

— Quero o meu irmão de volta! Quero o meu irmão de volta! — não parava de gritar, desarrumando a casa.

Sobre meus ombros, pesava um fardo cada vez maior. Eu era o homem da casa e tinha de tentar manter tudo unido, mas também era o pai de Marco e, com o passar do tempo, percebi que ninguém se importava com a dor que estava sugando minhas energias.

No final, explodi.

Uma noite, no quarto, diante do monólito que você tinha virado, comecei a gritar como um possesso:

— De vez em quando você poderia abrir os olhos para mim! Poderia me ver! Quem sou eu? Sou o pai de Marco, ele era meu único filho, meu único, *único* filho! Você se lembra disso?

Saí batendo a porta com violência e dormi duas noites num hotel.

Quando voltei, você me abraçou.

— Não entende que me sinto culpada exatamente por isso? Não fui capaz de lhe dar um filho que conseguisse sobreviver. Tirei você de sua verdadeira vida e, em troca, além de minhas esquisitices, eu não soube lhe dar nada. Perdão.

"Perdão", repetia, e continuava agarrada a meu casaco com a mesma intensidade frágil e obstinada com que o filhote de andorinha se agarra ao ninho.

A partir daquele dia, você começou a me enxergar e a falar comigo novamente. Estava obsessivamente concentrada em procurar a origem da síndrome que arrancara Marco de nossos braços. Percorria de memória sua árvore genealógica, fazia-me perguntas sobre a minha, passava horas na internet consultando sites de todo o mundo sobre doenças raras.

Eu tentava distraí-la, algumas vezes consegui arrastá-la para dar umas voltas na laguna em nosso velho barco.

— Por que se martiriza assim? — perguntei uma vez, durante um daqueles passeios marítimos. — Não serve para trazer Marco de volta à vida.

— Compreender é importante — insistiu você.

— Algumas coisas talvez estejam além de nossa capacidade de compreensão.

— Talvez tenham sido os venenos de Marghera, que impregnaram meu pai na Petroquímica, que eu respirei na infância. Talvez Chernobyl tenha dado o golpe de misericórdia...

— Mesmo que fosse isso, o que mudaria?

— Nada — você foi forçada a admitir após longo silêncio.

— Por que não começamos a pensar no futuro? — perguntei, rumando de volta para o Lido.

Você me olhou com uma expressão totalmente perdida.

— Porque não vejo nenhum.

— Não pensa em Amy? E em mim? Ainda estamos vivos, e enquanto se está vivo sempre há futuro.

Na semana seguinte, fomos a Cormons. Primeiro passamos pelo cemitério, depois fomos visitar meu pai, que ultimamente não andava bem. Dormimos lá e na manhã seguinte fomos a Castelmonte.

A Virgem causou profunda impressão em você.

— A quem está oferecendo o seio? A ele? A nós?

— A todos os que precisam ser alimentados.

# 26
# Deixe-me ir

Em junho daquele ano, você apareceu diante de mim com uma expressão meio enigmática.

— Lembra-se do nosso pacto? — perguntou.

— Que pacto?

— Aquele que fizemos há muitos anos, quando nos reencontramos...

Da névoa da memória começou a surgir alguma coisa. Num dia em que estávamos especialmente eufóricos, você, de repente, mudou de expressão e, com a voz baixa das comunicações importantes, disse:

— Antes de irmos viver juntos, precisamos firmar um pacto.

— O de não beligerância?

— Não, aquele segundo o qual se um de nós precisar ir embora de repente, o outro não vai impedir nem fazer perguntas. Precisamos ter a máxima confiança um no outro.

Em seu entusiasmo juvenil, pegou um papel, escreveu o contrato que nos preservaria da escravidão recíproca. Para selá-lo com mais força, quis que colocássemos nossas impressões digitais sob a assinatura.

— *Aquele* pacto? — perguntei então.

— Sim.

Você ficou um pouco em silêncio, seguindo algum pensamento, depois continuou:

— Preciso ficar um pouco sozinha... Estou me sentindo vazia como um boneco, por fora sou eu, mas por dentro não há mais nada. Preciso ficar sozinha para tentar me reconstruir.

Uma forte ansiedade apoderou-se de mim.

— Para onde vai?

— Mesmo que quisesse dizer, não poderia, porque não sei.

— Quando volta?

— Quando estiver pronta para voltar.

Fiquei em silêncio, com expressão sombria.

— Acho que você não quer continuar vivendo com o meu boneco...

— Claro que não.

— Quer a sua Edith de volta?

— Quero.

— Então me deixe ir.

Discutimos mais um pouco. Eu estava amargurado pelo fato de minha presença não servir para nada.

— O boneco talvez seja eu.

Você me deu um abraço forte.

— Você é meu porto, Capitão. Sem um porto para onde voltar, seria inútil zarpar.

— Então vá! Mas fique sabendo que todos os dias o seu porto espreitará o horizonte à espera de vê-la voltar.

A Amy contamos uma mentira, dissemos que você precisava ficar na China alguns meses num intercâmbio cultural. Fiz de conta que ia com você ao Marco Polo, mas a levei à estação de Mestre. Você desapareceu na multidão com sua mochila colorida nas costas, sem olhar para trás.

Não sabendo onde deixar Amy, no mês de julho levei-a comigo para navegar. Seu entusiasmo juvenil tinha desaparecido, e a vida a bordo se transformou para ela numa prisão digna da fortaleza de Spielberg.

Passava a maior parte do tempo encolhida em algum lugar, usando fones de ouvido; já não se interessava pelo sextante, nem por aprender a distinguir as constelações para se orientar no céu noturno.

Fizemos uma parada de três dias em Asdode. Pensando fazer uma coisa boa, peguei um táxi e levei-a a Jerusalém; os becos estreitos da Cidade Velha estavam atulhados de uma multidão de turistas. Fazia muito calor, e a impaciência aumentava.

— Que nojo, parece que a gente está em Veneza — foi seu único comentário.

Quando chegamos ao Horto de Getsêmani, virei-me para ela.

— Não é comovente imaginar o que estas oliveiras milenares podem ter visto?

— Árvore não tem olhos — respondeu-me bufando —, elas não podem ver nada.

Fazia alguns meses que tinha parado de me chamar de tiopapai e em geral se dirigia a mim com "ei!". Durante aquela viagem pelo mar, passou a me chamar de "Capitão" com leve nota de desprezo na voz.

Uma noite, diante da longa esteira de espuma branca que as hélices deixavam para trás na escuridão, perguntou-me:

— É verdade que muita gente faz cruzeiro só para se matar? Quando ninguém está vendo, se atiram no mar, e tchau e bênção?

— Isso acontecia antigamente — respondi —, agora não mais porque instalaram um sistema eletrônico de controle.

Confiando em sua ignorância técnica, esperei que acreditasse em minha mentira. Em todo caso, a partir daquele momento, pedi à tripulação que a mantivesse discretamente sob vigilância. Eu dormia como os golfinhos, com um olho fechado e outro aberto.

Na última noite, porém, antes de desembarcar, tive um sonho. Nada mais era que a lembrança de um livro que eu tinha lido quando criança na biblioteca de Cormons; contava o cruel destino de um filhote de baleia separado da proteção materna por um grupo de orcas, que depois se banqueteou com seu corpo, despedaçando-o com mordidas diante do olhar impotente da mãe; atraídos pelo vermelho do sangue, outros comensais — golfinhos, focas, gaivotas e vários pássaros marinhos — lançaram-se sobre aquele corpo agonizante, arrancando pedaços de carne. Uma ilustração colorida mostrava as últimas e fartas fases do banquete com os restos do pobre cetáceo, e era exatamente aquela imagem, gravada em minha mente infantil, que se apresentava nos breves e convulsos fragmentos de sono: a ferocidade e a astúcia do grupo capaz de dilacerar o inocente, o pouco que ainda restava do corpo e os gritos de excitação das gaivotas, seguidos pelo silêncio. Eu observava aquela cena espectral com sentimentos confusos. Meu olhar era o da mãe? Ou será que eu mesmo havia assistido àquela carnificina do convés de um navio? Só quando abri os olhos percebi que aquela carcaça devorada e cruelmente exposta ao céu não era outra coisa senão meu corpo.

Amy dormia no beliche ao lado do meu.

A seu rosto retornara a expressão de graça birrenta. Olhando-a, pensei: como eu gostaria de ser mágico, como gostaria de ter uma varinha de condão para poder voltar no tempo, como gostaria de ouvir mais uma vez sua voz gritando com entusiasmo: "Tiopapai!"

Em agosto, mandei-a para Linosa, num campo de proteção a tartarugas marinhas.

Ligava para ela uma vez por semana.

— Não precisa me controlar — dizia ela.

— Só quero saber como você está.

— É uma chatice. Os ovos nunca eclodem.

Mas, pelo tom, eu percebia que era fingido, para eu me sentir culpado. Na verdade, livre, no meio da natureza e em companhia de gente da mesma idade, ela estava se divertindo.

Enquanto isso, de você só recebi duas ou três mensagens. Queria saber como estava Amy. Eu a tranquilizava. Você escrevia que estava bem e me mandava um beijo. Eu poderia ligar, claro. Muitas vezes tive a tentação de fazer isso. Na verdade, só o faria se houvesse alguma emergência, caso contrário seria como romper nosso pacto e, por natureza e educação, sou uma pessoa que respeita pactos.

Amy voltou de Linosa com melhor humor. Disse-me que, afinal, tinha visto os ovos eclodindo, e que aquela corrida de tartaruguinhas para o mar tinha sido uma das coisas mais emocionantes de sua vida. Na ilha, havia desenhado muito e, em seu álbum, as tartarugas substituíram os esqueletos.

— Sem nossa ajuda, as tartaruguinhas não teriam conseguido — confidenciou-me, orgulhosa.

O fato de ter participado de algo importante parecia tê-la aliviado um pouco de seus maus humores apocalípticos.

— Mas a minha mãe se esqueceu de mim? — perguntou.

A volta às aulas estava próxima.

— Não — respondi —, ela ligou quando você estava em Linosa.

— Quando ela volta?

— Daqui a uns dias — disse-lhe, sem ter a menor ideia de quantos seriam esses dias.

Você voltou pouco antes do reinício das aulas.

Fingi de novo que ia ao Marco Polo, mas na verdade fui à estação de Santa Lucia. Você estava mais magra do que na partida, e algo diferente brilhava em seu olhar.

— E aí? — perguntei no *vaporetto* que nos levava de volta ao Lido.

— Acho que alguns pedaços voltaram ao lugar. E vocês?

— De algum jeito, sobrevivemos.

Você abraçou Amy com força. Ela, protestando desajeitadamente, tentou se desvencilhar.

— Pelo menos aprendeu a fazer rolinhos primavera? — perguntou-lhe.

— Claro — você respondeu —, mas à minha maneira, completamente queimados.

Retomamos a rotina de nossa vida, ainda que a serenidade leve de outros tempos nunca mais tenha sido recomposta. A amargura é um solo lunar, um mundo feito de cinzas e sem atmosfera, cada um de nós era um satélite desolado; depois, da Lua, fomos nos mudando aos poucos para outros planetas, para Marte, com sua atmosfera minúscula, para Vênus, mais generosa em ar.

A morte de Marco provocou em cada um de nós uma espécie de asfixia interior. Já não havia oxigênio e, sem oxigênio, nenhuma forma de vida é possível. Só as pedras não respiram. Mas, assim como a vida renasce de uma semente trazida pelo vento após a mais terrível das erupções vulcânicas, quando a lava queima, devora e engloba tudo, transformando a terra ao redor num lugar de absoluta desolação, com o passar do tempo, passo a passo, fomos reconquistando nossa vida quotidiana.

Chegou o Natal.

Visto que sua misteriosa perambulação também passara por Greccio, naquele Natal você quis fazer, além da árvore, um presépio, o primeiro desde que estávamos juntos. Fomos a Cormons buscar o meu, dos tempos de criança. De má vontade, Amy pintou o céu estrelado enquanto eu lhe sugeria as possíveis constelações daquela noite.

# 27
# A filha perdida

É a terceira vez que vou visitar minhas velhas inimigas.

Até agora parece que assinaram um pacto de não beligerância porque nunca me picaram. Na verdade, acho que não estão ligando para mim, todas têm muito que fazer lá embaixo, entre os caixilhos. Os centrais já estão todos operculados, as células estão fechadas para permitir que a pupa realize o misterioso processo que a transformará numa abelhinha. As rainhas parecem em ótima forma; seguidas por sua corte, põem ovos com uma regularidade impressionante.

— Agora entendo a íntima satisfação de um apicultor quando vê que suas abelhas estão bem — disse-me você um dia.

Hoje de manhã percebi o que você queria dizer. Observando o fervilhar harmonioso de vida, tive uma sensação desconhecida de plenitude. Tudo corria da melhor maneira nas colmeias, e eu me iludia achando que era em parte responsável por aquilo.

A primavera já tinha explodido ao redor. Entre os arbustos e as árvores, era todo um vaivém frenético de pássaros ocupados em fazer ninho. Sorte deles, peguei-me pensando, a natureza estabeleceu um "como", um "quando" e um "com quem" se reproduzir, salvando-os do complexo emaranhado de escolha e destino que constitui nossa vida de seres humanos.

Hoje verifiquei a presença de realeiras. Quando você me falava delas, imaginava algo como uma sala cheia de joias, quase uma caverna de Aladim. "É lá que a rainha cresce", dizia-me, mas como e por que isso acontecia não estava claro para mim. Agora sei, a abelha-rainha é uma abelha como todas as outras, mas alimentada de modo diferente, apenas com geleia real, e não cresce numa célula hexagonal, mas numa maior, semelhante a um amendoim, na beirada do caixilho.

— As realeiras precisam ser removidas para evitar o risco de enxameação — explicou-me um dia.

Continua viva em mim a lembrança da primeira vez que isso aconteceu. Eu estava lendo o jornal no banco no fundo do gramado, quando ouvi intensificar-se um ruído não muito diferente do de um helicóptero ao longe. Você tinha ido fazer compras e, quando aquela nuvem demoníaca saiu da colmeia, fazendo o que me parecia uma dança maluca, corri para me abrigar em casa. Você chegou pouco depois e, com cara de espanto, deixou cair as sacolas de compras, dizendo:

— Elas enxamearam!

Vestiu o macacão apressadamente e, usando uma escada, subiu na árvore para tentar recuperar as abelhas do ramo onde tinham se reunido. Não era uma operação simples, por isso se virou e me perguntou:

— Você me dá uma mão?

— Nem pensar — respondi apavorado, abrigado atrás da janela da cozinha.

No final você conseguiu, apanhou o núcleo com a rainha e o deixou cair na caixa-isca que tinha preparado debaixo da árvore; pouco depois todas as abelhas o seguiram em ordem para dentro da caixa.

À tarde, com uma xícara de chá na mão, você me explicou o que é enxameação: isso acontece quando a rainha velha parte com um grupo de fiéis para fundar nova colônia.

Olhei para você, incrédulo.

— E por que faz isso?

— Evidentemente, deixei uma realeira em algum lugar, e nasceu uma nova rainha, por isso a velha decidiu ir embora.

— Deixa todo o reino para a nova?

— Exatamente.

Pensei que, no fundo, também nós um dia deixaríamos nossa casa para Amy, porque esse é o curso natural das coisas. Pensei, mas calei, para não ver desaparecer de seu rosto a expressão de alegria que tinha naquele dia.

— Seria melhor não deixar que enxameassem — disse você depois —, mas você não acha que causam uma grande alegria?

— Ainda não sinto esse contágio.

— Porque tem medo demais.

Você sorriu e, até a hora do jantar, ficou refugiada no escritório, escrevendo anotações.

Amy estava no penúltimo ano do colégio quando meu pai faleceu. Foi uma morte rápida e indolor; ele tinha ido para a cama à noite com um pouco de falta de ar e pela manhã já não estava vivo. Sua morte não causou um vazio irreparável em mim, pois ele nunca tinha sido uma grande presença em minha vida. Deixou para Nives, com quem não se casara, o escritório de Gorizia, enquanto eu herdei a casa de Cormons com toda a propriedade.

Ficou claro para nós que não queríamos envelhecer naquela casa enorme, cheia de lembranças e de manutenção cara, que preferíamos nos livrar dela. No fundo, no Lido você sempre se sentiu prisioneira, e, com o passar dos anos, aquela prisão física também se tornou existencial. Lecionar já não era uma paixão, os alunos andavam distraídos e desatentos, tratavam o chinês com a mesma leviandade do inglês. Em breve, Amy terminaria o colegial e se mudaria para algum lugar a fim de fazer a universidade.

— Eu gostaria de sair do trabalho e desta casa, podemos nos dar a esse luxo? — propôs você, finalmente.

— Se vendermos Cormons, sim.

Em poucos meses, encontrei um comprador, um russo rico que queria investir no vinho. Da casa, retirei as recordações mais queridas de minha mãe, um velho globo terrestre e, da biblioteca, os livros que mais havia amado. Depois fechei a porta sem olhar para trás.

Discutimos longamente o que fazer.

Você amava as montanhas; eu, o mar. Por isso, acabamos optando por uma ilha. O que é, de fato, uma ilha senão um pedaço de montanha arremessado no meio do mar? Em ambos os lugares há total abertura do horizonte, e era isso que você desejava mais do que qualquer outra coisa.

— Já estava na hora de sair deste túmulo! — comentou Amy, quando tocamos no assunto.

As relações com ela eram sempre tensas e cheias de altos e baixos. Em muitas rudezas, ela se assemelhava à garota Edith que eu conhecera no ferryboat para o Pireu.

No entanto, nesse ínterim, o mundo à nossa volta tinha mudado. Mao Tse-tung tornara-se uma figura remota da história, como Carlos Magno; ideais, sonhos e utopias haviam sido devorados por um utilitarismo sem escrúpulos, os jovens tinham sido transformados numa importante categoria de consumidores, e a oferta que se descortinava diante deles tornava-se, ano após ano, mais diversificada e atraente. O surgimento dos celulares criara uma série infinita de bolhas nas quais viviam mundos capazes de comunicar-se apenas em seu próprio interior. A pacífica marijuana do pessoal "paz e amor" tinha sido substituída por uma infinidade de comprimidos criados em laboratório, capazes de destruir uma vida inteira de uma só vez. Devagar e inexoravelmente, como as cracas que em pouco tempo corroem um casco não tratado, o cinismo invadira cada espaço da vida social, e a astúcia se tornara uma das qualidades mais ambicionadas.

Apesar de ter sido criada com uma visão de mundo muito diferente daquele "*Mors tua, vita mea*",* Amy não escapava ao espírito da época.

---

* "Tua morte é minha vida", ou seja, para que eu viva, tu precisas morrer. [N.T.]

Se Marco não tivesse morrido, talvez as coisas não tivessem sido assim, mas por aquela fenda havia entrado água, e ninguém conseguiu detê-la. Com o tempo, você se convenceu de que aquela fenda tinha sido em parte causada pelo mistério que envolvia sua paternidade biológica.

Ao voltar da viagem solitária, você lhe perguntou:

— Quer conversar sobre aquela coisa de que nunca falamos?

— Não estou nem aí — respondeu ela, fulminante.

Amy passou no exame final de segundo ciclo com a nota mínima. Alguns dias depois, comunicou-nos que queria continuar os estudos no Dams de Bolonha.

— Algo contra? — perguntou.

— De jeito nenhum, estamos felicíssimos.

Abrimos uma garrafa de espumante para celebrar o término do colegial. Você baixou os currículos dos cursos do Dams e passou uma tarde inteira com ela, avaliando qual seria o mais adequado.

Em agosto, foram juntas a Bolonha para procurar apartamento, e em setembro ela se mudou para lá.

O dia de seus dezoito anos ela não quis passar conosco, mas com amigos. Foram a uma *rave party* numa casa abandonada da zona rural vêneta. Ela dormiu fora duas noites. Quando voltou, chamamos sua atenção.

— O que vocês têm com isso? — respondeu. — Já sou maior de idade.

Como a mochila da avó Ines estava desgastada, nós lhe demos uma nova, mais espaçosa, na esperança de que fosse um convite para se entregar à alegria de uma viagem pelo mundo.

Na mesa de cabeceira, você lhe deixou um envelope em que estava escrito: *Para os seus dezoito anos*. Nunca soubemos se ela o leu ou se o destruiu antes de abrir. Certa vez, quando ela foi muito agressiva com você, eu a repreendi com certa firmeza.

— Cale a boca você, que não é nada! — respondeu-me.

Estávamos convencidos de que ela usava drogas e nos sentíamos totalmente impotentes. Se interrogada, negava, encolhendo os ombros.

— As drogas estão na cabeça de vocês.

Não conhecíamos mais nenhum amigo dela, nem lhe passava pela cabeça apresentá-los.

Enquanto isso, tínhamos comprado a casa na ilha e começado a reformá-la. Viajávamos o tempo todo entre Veneza e Livorno e, de vez em quando, você parava em Bolonha. Daquelas visitas, saía sempre mais abalada.

— Não me parece estudar muito — dizia-me. — Não gosto das pessoas que a rodeiam.

Em fevereiro, uma forte nevasca interrompeu a viagem de Livorno a Veneza, e você decidiu ficar com ela. Tocou a campainha e abriram a porta, mas, pela expressão do rapaz que abriu, deu para perceber que estavam esperando outra pessoa. A casa de nossa filha era, na realidade, um centro de tráfico; a mesa estava cheia de comprimidos coloridos que o sujeito (a quem Amy dirigia olhares de adoração) estava distribuindo em muitos envelopinhos.

— É a sua mãe? — perguntou-lhe, quando viu você.

— Infelizmente sim.

A essa altura, em vez de ir embora, você se transformou numa fera. Começou a chutar a mesa, gritando:

— Não vou permitir que esta merda mate a minha filha!

Tentou dar um bofetão no rapaz, mas ele a imobilizou a tempo, arrastando-a para a porta e empurrando-a para fora, enquanto você continuava gritando:

— Denuncio todo mundo! Mando todo mundo para a cadeia!

Voltou para casa num estado de absoluta prostração, eu nunca tinha visto você daquele jeito. Na casa do Lido, as coisas já estavam meio desmontadas, você se atirou na cama, suspirando.

— Minha vida foi um erro só.

Sentei-me à sua frente, a beirada de nossa cama rangeu.

— Você só teve uma vida muito complicada. Aliás, as pessoas complicadas raramente têm vida simples.

***

Um mês depois, numa blitz antidrogas, a polícia prendeu o companheiro de Amy. Nós o vimos no telejornal. No dia seguinte, você ligou para nossa filha, mas ela não atendeu. Escreveu um e-mail, e o e-mail voltou. Foi a Bolonha e tocou à porta dela mais uma vez. Uma mocinha alegre veio abrir.

— Amy? Não mora mais aqui. Eu assumi o contrato de locação dela.

— E para onde ela foi?

— Não faço a menor ideia.

A partir daquele dia, de nossos dois filhos, um descansava sob a fria lápide de um cemitério, e a outra nos considerava mortos.

# 28
# A última viagem

Tenho sempre acordado com as primeiras luzes da aurora, mesmo não tendo nada urgente para fazer. Muitas vezes me demoro entre os lençóis, seguindo meus pensamentos. Ontem à noite vi na televisão um programa que mostrava como se pode reconstruir em computador a forma como o rosto das pessoas muda ao longo dos anos. A polícia usa isso para conseguir localizar fugitivos desaparecidos há muito tempo, mas a coisa também se tornou um jogo, especialmente entre os mais jovens, que riem — ou se horrorizam — ao verem sua aparência futura.

Será mesmo só o nariz, o arco das sobrancelhas e a pele das bochechas que começam a decair, ou haverá mais alguma coisa que nenhum computador conseguirá identificar? Ao longo de minha vida, vi pessoas que ficaram mais ou menos inalteradas com o passar do tempo e outras que, de repente, sofriam uma degringolada decorrente não tanto da falta de colágeno quanto de uma degradação da alma que até então se mantivera oculta.

Talvez — pensei esta manhã olhando o seu lado da cama vazio — cada um na vida ganhe um rosto porque o rosto, a parte mais reveladora do corpo, é o bloco de notas no qual fica registrado o que fizemos.

Nos últimos tempos você brincava puxando com os dedos as bochechas para as maçãs do rosto:

— Não acha que um bom lifting ia bem?

Depois comentava:

— É incrível, eu achava que isso nunca aconteceria.

— Isso o quê?

— Que um dia envelheceríamos.

— Não diga isso, você ainda é uma mocinha — respondia-lhe. — Pense em mim, que já tenho quase um pé na cova.

Como estará agora o rosto de Amy?

A suavidade roliça da adolescência certamente a abandonou, mas para dar lugar a quê?

De vez em quando eu me pegava pensando — mesmo não lhe dizendo — que teria acontecido algo com ela. Uma overdose, um acidente, ela talvez jazesse há muito tempo numa sepultura sem nome em algum lugar do mundo, mas felizmente era um pensamento de curta duração. Uma parte de meu coração — a que estivera em profunda relação com ela — dizia-me que ela ainda estava viva. Para me tranquilizar, repetia a frase "*No news, good news*".

Teria continuado se drogando e estaria transformada na sombra da garota que era ou, pelo contrário, graças à sua força de vontade e ao conhecimento de alguma pessoa, teria conseguido parar, levando agora vida normal, longe de nós?

Talvez tivesse encontrado o pai e vivesse feliz inserida em nova família, guardando apenas pálida lembrança dos anos que havíamos passado no Lido.

Fazia já uns meses que eu estava de posse de seu número de celular e de um endereço, mas não conseguia decidir como agir. Tinha certeza de que, se desse um primeiro passo errado, a perderia outra vez: a um contato telefônico ela decerto reagiria com irritação, mudaria de número ou deixaria de atender.

A melhor coisa, pensei esta manhã ainda na cama, seria procurá-la sem aviso prévio, ir até lá e, com delicadeza astuta, tentar estabelecer algum contato.

Às oito me levantei e, depois de tomar um café, fui para o computador. O primeiro lugar livre era daí a três dias, com partida de Fiumicino; reservei-o, e o tom do dia mudou. Olhei-me no espelho. Será que ela me reconheceria? Será que me aceitaria? Estou mesmo tão envelhecido?

À tarde fui ao barbeiro na aldeia. Ao voltar para casa, abri o armário à procura de uma mala de tamanho adequado. Quanto tempo ficaria fora? Não tinha a mínima ideia. Três dias? Uma semana? Duas?

Antes de partir, preciso verificar as realeiras, pensei, e naquele exato momento a pilha de bolsas, mochilas e malas que você tinha amontoado de qualquer jeito no armário caiu sobre mim, fazendo-me perder o equilíbrio.

Do monte, retirei uma mala macia que me parecia apropriada à viagem, podia levá-la na cabine, evitando o aborrecimento da recuperação de bagagens. Quando a levantei, ouvi que algo caiu com um leve farfalhar.

Um envelope de cor marfim.

*Para Andrea, no dia de nosso casamento.*

Muitas vezes pensei que seria bom se, de vez em quando na vida, aparecessem legendas diante de nossos olhos, como nos filmes mudos. Ou que, a certa altura, começasse a tocar um fundo musical vagamente inquietante, como se ouve nos suspenses quando está para acontecer algo terrível. Mas não é assim. Os dias trágicos começam de modo idêntico ao de todos os que não são trágicos. Estamos inseridos numa rotina, a nossa rotina, e seguimos em frente tranquilamente até que a vida, de repente, nos desvia e atira num lugar e num tempo que nem imaginávamos que existisse. Será a última vez que ouviremos aquela voz, a última vez que veremos aquele rosto, mas não sabemos disso, e tudo continua na banalidade normal dos dias.

Eu precisava ir a Livorno e já estava atrasado, andava pela casa com um sapato na mão, à sua procura.

— Edith! Pode me dar uma mão? Não estou encontrando o outro!

Olhei para o jardim, mas não havia vestígios de você.

— Poderia pelo menos me avisar quando desaparece! — gritei.

Resignado a calçar um par de sapatos diferente, fui à sala buscar uns documentos que tinha de levar comigo.

Você estava sentada na mesa de sempre, com o braço direito estendido sobre a superfície, a cabeça pousada nele, como uma criança dormindo na escola.

Estupidamente exclamei:

— Como assim? Dormindo a esta hora?

Atrás de você, a janela estava escancarada, por ela entrava uma brisa leve que, com a mesma indiferença gentil, acariciava os papéis e seus cabelos. Aproximei-me.

Você estava fria, mas na jugular percebia-se um batimento de vida.

Chamei o socorro imediatamente. Enquanto esperava, continuava dando voltas pela casa como um possesso, o tempo da espera parecia infinito, eu verificava suas pulsações, depois gritava:

— Seus bandidos! Quanto tempo vão demorar?

Na verdade, a chegada do helicóptero foi razoavelmente rápida. Acompanhei você até arrumarem a maca dentro dele. Vi o helicóptero subir e desaparecer no céu. Um conhecido se ofereceu para me levar a Livorno em seu barco a motor.

No táxi, não parava de repetir: "Por favor, deixe-a ficar comigo! Mesmo sem andar, mesmo sem falar, por favor, não a leve embora! Que eu possa acariciá-la, que eu possa vê-la. Ou, se não for assim, leve-me também, faça que eu me arrebente nesta estrada antes de chegar ao destino!"

Quando cheguei ao hospital, você ainda estava viva, sendo operada. Tinha sido um AVC hemorrágico, exatamente como sua mãe.

Depois de seis horas, os médicos saíram e disseram:

— A operação foi bem-sucedida, agora só resta esperar.

Eu queria beijar as mãos daqueles desconhecidos, num ímpeto de gratidão.

Não deixei mais o hospital.

Fiquei lá, de barba crescida, entregue a mim mesmo, mas com uma pequena chama acesa no coração.

Dois dias depois, deixaram-me entrar na unidade de terapia intensiva. Apertado pelas faixas que lhe envolviam a cabeça, seu rosto parecia minúsculo. Os lábios estavam gretados, e duas olheiras escuras invadiam suas faces.

Você me reconheceu, sorriu para mim.

Lentamente, levantou a mão direita, indicando a esquerda.

— Alguma coisa está incomodando? — perguntei, já que você tinha um acesso no braço.

Com dificuldade, você levantou o dedo anelar esquerdo.

Então entendi.

Saí da unidade de terapia intensiva gritando:

— Deve haver um diacho de um padre neste lugar! Deve também haver um padre!

Uma enfermeira digitou um número e depois me deu seu celular, dizendo:

— Está aqui, vou lhe passar.

— Quero celebrar um casamento, imediatamente, o mais rápido possível!

O padre disse que chegaria em três horas.

Então saí correndo do hospital. A cada esquina, a cada cruzamento, perguntava:

— Uma joalheria! Onde existe uma joalheria?

Finalmente, encontrei uma.

Para você, comprei duas alianças. Tinha medo de errar o tamanho.

Quando o padre chegou, rapaz jovem de bom semblante, expliquei-lhe a situação. Devíamos nos casar dentro de duas semanas, disse-lhe. A igreja já estava reservada, assim como o restaurante. As lembranças estavam prontas no armário.

— Está entendendo agora?

Ele não fez perguntas. Vestiu os paramentos e começou a celebrar o casamento ao pé da cama. A enfermeira-chefe e um enfermeiro foram as testemunhas. Às vezes você ficava de olhos abertos, outras vezes os fechava, mas parecia ouvir e entender todas as palavras.

Quando o sacerdote disse:

— Edith, quer tomar como esposo o aqui presente Andrea... — precisou aproximar o ouvido de sua boca para ouvir a resposta.

— Sim — você sussurrou.

— Está disposta a amá-lo e honrá-lo por todo o resto de sua vida?

Mais um sim.

Com extrema delicadeza, coloquei então a aliança no seu dedo. Você pegou minha mão, fazendo o gesto de oferecê-la a mim.

No final da cerimônia, quando o padre pronunciou a fórmula "Declaro-os marido e mulher", as testemunhas aplaudiram brevemente. Tirando a máscara, inclinei-me sobre você para lhe dar um beijo.

No dia seguinte, os médicos disseram-me que os parâmetros tinham piorado. Depois do impulso inicial, seu corpo parecia não ter mais força para reagir.

Na manhã seguinte, o jovem padre voltou para lhe dar a unção dos enfermos.

À tarde, você adormeceu para sempre.

A vida deixou-a com um sorriso nos lábios.

Naquela cama, de repente, você parecia um passarinho perdido. E sua mão, de repente fria, inerte, não era muito diferente das patinhas dos passarinhos caídos do ninho que eu, quando criança, sempre tentava salvar, em vão.

A enfermeira desligou todas as máquinas.

Quando chegaram os funcionários para levá-la ao necrotério, beijei-a pela última vez. Tudo ao redor era luminoso de um modo tão artificial que se tornava ofensivo para o olhar.

Na desolação da rotina mortuária, a única coisa que parecia realmente esplender era o pequeno aro de ouro em seu dedo.

***

Quatro dias depois, na igreja da ilha, celebramos os funerais. Estiveram presentes todas as pessoas que tínhamos convidado para o casamento. Até a roupa com que a vesti para a última viagem era a escolhida para aquele dia: um tailleur de cor pastel que havíamos comprado juntos em Florença. Apresentei-me na igreja com o mesmo terno escuro que teria usado no altar, cravo no peito inclusive.

# 29
# A aurora traz luz

O dia da partida chegou.

No bolso interno do paletó, tenho o seu envelope ainda intacto. Quem sabe há quanto tempo estava escrito. Talvez você o tenha perdido de vista e o teria entregado seis meses ou talvez um ano depois de nosso casamento.

Bendita desordem.

Há cartas que, para serem abertas, exigem um espaço íntimo, recolhido, e outras que preferem um ambiente cheio de gente. Estas últimas não são muito diferentes das bombas da Segunda Guerra Mundial que ainda aparecem aqui e ali em nosso território; estão lá durante um tempo que poderia tê-las tornado inertes, mas na verdade nunca se pode saber, podem continuar dormindo ou explodir numa detonação aterradora. Eu precisava usar a cautela dos fogueteiros, por isso decidi que era melhor abri-la rodeado por uma multidão anônima.

O voo decolou no horário, meu lugar era junto à janela, pela qual eu podia ver confortavelmente a paisagem abaixo. Ao ganhar altitude, o avião deu uma pequena sacudidela, fez uma curva sobre o mar e sobrevoou a costa até Elba. Assim que a ultrapassamos, meti a mão no bolso e peguei a carta.

*Caro Andrea,*

*Há quantos anos quero lhe escrever esta carta? Talvez desde o dia em que o vi pela primeira vez. Lembra-se de como fui desagradável? Comportei-me como aqueles animais que se fingem monstruosos para se protegerem dos ataques dos predadores. Se você tivesse sido indiferente para mim, eu o teria ignorado como ignorava todas as pessoas naquela época. Do que eu tinha medo? De sair de um mundo de introspecção, da exasperação de uma dor interior que não conseguia encontrar voz para se expressar. Sonhava com um mundo perfeito, um mundo sem disparidades, sem injustiça. Um mundo do qual a dor desaparecesse, e eu, entre todos os habitantes desse mundo ideal, queria ser a mais perfeita, sem acovardamentos, sem fraquezas, sem nada que me fizesse sair da fortaleza na qual tinha me encerrado após a morte do meu pai e o consequente desnorteamento de minha mãe.*

*Os meses que passei no seu apartamento — a famosa barriga da baleia, lembra?, com as cortinas como cerdas bucais — tinham aberto uma brecha em minha fortaleza, mas, quando você apareceu em frente à minha casa com o anel na mão, a inquietação que penetrara naquela fenda transformou-se em pânico. Eu tinha ganhado aquela bolsa de estudo e não lhe disse nada. De qualquer modo, mesmo antes do anel, eu já havia decidido que desapareceria de sua vida.*

*Queria feri-lo, afastá-lo de mim, porque era intolerável a ideia de alguém me esperando, de alguém me amando. Amar significava arriscar-se a sofrer uma perda, um risco ao qual não queria mais me submeter. Tinha certeza de que assim você me esqueceria rapidamente. E não só me esqueceria, mas também me detestaria.*

*Era isso que, no fundo, eu desejava.*

*Tinha havido a história com Ivano, claro, mas era uma história de adolescentes, e o que a sustentava era o sonho de um mundo melhor, não a afinidade entre duas almas.*

*Se o amor fosse uma espécie de eletricidade, diria que com você percebi desde o início uma voltagem diferente.*

*Perdoe-me, mas foi por isso que fugi.*

*O período em Pequim foi crucial, no sentido de que, a partir daquele momento, minha vida tomou nova direção. O mundo idílico que eu tinha sonhado não existia em lugar nenhum, todas as energias que eu tinha despendido para dar vida a uma sociedade mais justa estavam ali, inertes a meus pés. Eu já não sabia o que fazer com elas, não sabia em que direção poderia seguir.*

*O voo de volta fazia escala em Hong Kong, e nessa rota conheci Thomas. Estávamos sentados perto um do outro, foi ele que puxou conversa. Naquela época ele me parecia velho, mas na verdade tinha pouco mais de quarenta anos. Fiquei impressionada porque os traços orientais e europeus se fundiam de maneira harmoniosa em seu rosto. Começamos a falar em chinês, ele me fazia perguntas e dava a impressão de ouvir com atenção minhas respostas desajeitadas. Parecia fascinado pelo fato de eu ser de Veneza (deixei Mestre bem escondido!). Revelou-me que um de seus sonhos era mudar-se para lá um dia, talvez na velhice. Disse isso rindo, e naquele momento notei que ele tinha uma irresistível covinha no queixo.*

*Contou-me que nasceu em Hamburgo — cidade também cheia de água — e vivia entre a Alemanha e Hong Kong. A mãe era chinesa, o pai, alemão, e desde várias gerações sua família comerciava tecidos preciosos.*

*Quando aterrissamos em Hong Kong, ele me propôs ficar um pouco naquela cidade, se realmente quisesse aprender mais sobre a cultura chinesa. Em sua casa havia uma boa biblioteca, conforme disse, livros que em Pequim nunca me permitiriam ler. Essa proposta me deixou sem palavras. A última coisa que eu queria era voltar a me enclausurar na casinha de Mestre com minha mãe. Respondi que não tinha grandes recursos financeiros. Quanto a isso, ele me tranquilizou, tinha uma casa grande e não encontraria dificuldades para mudar meu voo.*

*Assim, em vez de embarcar no voo Hong Kong-Dubai-Roma, como previsto, entrei num táxi e fui para a casa de Thomas. Ele me apresentou a Faith, moça filipina miúda e calada, que morava lá. Havia uma bela estante de livros, Thomas disse-me que me servisse à vontade, como se se tratasse de uma confeitaria. Olhei em volta um pouco preocupada. Não via um segundo aposento. Podia dormir no sofá, disse-me, era muito confortável. Pouco depois, a filipina serviu o jantar: muitas tigelinhas cheias de iguarias coloridas.*

*Thomas começou a falar-me da profundidade filosófica do taoismo, eu estava tão fascinada por suas palavras que quase me esquecia de comer. Havia um pequeno gongo na mesa com o qual ele chamava a Faith. Eu me sentia constrangida por ela, devíamos ser da mesma idade.*

*Depois do jantar, fomos nos sentar no sofá, e ele declamou poesias clássicas chinesas. Antes de irmos dormir, perguntou-me se alguma vez tinha praticado caligrafia. Respondi que não. Era uma arte importante, acrescentou, se quisesse poderia me dar algumas lições. De fato, por parte de mãe ele descendia de uma família de calígrafos. Seus parentes que ficaram na China tinham sido todos mortos, a caligrafia era considerada uma arte burguesa, concluiu, desejando-me boa noite.*

*Aquela foi uma noite em branco. Estava pernoitando no vigésimo andar de um arranha-céu, numa cidade onde não conhecia ninguém, tinha no bolso apenas alguns dólares. Além disso, estava na casa de um desconhecido. Por que tinha confiado?*

*Na manhã seguinte, enquanto Thomas desenrolava o feltro para minha primeira aula de caligrafia, a resposta surgiu espontaneamente. Porque estava fascinada. Ele se pôs atrás de mim, dizia-me para não enrijecer a mão, para respirar devagar, unia sua respiração à minha e, com suavidade, guiava o pincel na direção correta. No final da manhã, a sala estava cheia de folhas brancas cobertas de garatujas pretas. Olhei para elas desconsolada, mas ele explicou que eu não devia desanimar, a caligrafia era uma arte e, como todas as artes, exigia longo aprendizado. Depois, colocou uma grande folha de papel de arroz sobre o feltro e, movendo-se com graça, traçou dois ideogramas, o de homem e o de mulher.*

*Homem e mulher, disse ele, a origem de tudo.*

*Naquela noite não dormi no sofá, mas nos braços dele.*

*Aquilo que você nunca quis saber, e eu sinto vergonha até de escrever, é que Amy foi concebida num elegante apartamento em The Peak por uma tola garota provinciana e um sedutor impenitente.*

*Bobagem negar a estupidez da juventude.*

*Eu me sentia importante. Enchia-me de orgulho o fato de um homem tão culto me ouvir, me fazer perguntas, me tratar como sua igual. Apesar de meus ares de importância, eu não passava de uma garota ingênua, e aquele mundo tão distante do meu me causava uma espécie de embriaguez.*

*Na maior parte do tempo Thomas trabalhava em casa, dava longos telefonemas em mandarim, inglês e alemão, enviava e recebia fax sem parar. De vez em quando, eu o provocava, e ele sorria para mim com cumplicidade. Às vezes me levava para jantar em seus restaurantes preferidos. Gostava de me oferecer comida com pauzinhos sem me dizer o que era, perguntando-me se gostava. Uma vez, até me fez comer um gafanhoto!*

*Depois de uma semana, liguei para minha mãe, deixei recado na secretária eletrônica, dizendo que tinha encontrado um trabalhinho e ia ficar um pouco em Hong Kong, que ela não se preocupasse. Estava atordoada pelo fascínio de Thomas e, em minha ingenuidade juvenil, convencida de que ele também estava impressionado com o meu.*

*Um dia, no entanto, ele me comunicou que dois dias depois partiria para Hamburgo. Esperava que me dissesse: "Venha comigo, vou apresentá-la a meus pais", mas, em vez disso, disse que, se eu não quisesse voltar para a Itália, ele poderia me arranjar um trabalhinho, tinha amigos que geriam um bom restaurante numa região turística. "Não posso ficar aqui?", perguntei. "Não, porque a Faith volta para a casa dos pais, fica lá alguns meses, e eu fecho a casa." "Mas você vai voltar?" "É claro, bobinha!", respondeu, dando-me um beijo rápido.*

*Uma semana depois, de mochila nas costas e uma mala na mão, deixei o apartamento dele para ir ao restaurante de seus amigos. Despedimo-nos no aeroporto. "Tchau, querida", disse-me, e vi suas costas desaparecendo em meio à multidão dos embarques para a Europa.*

*Na mesma noite, cheguei ao restaurante de Bali. Os proprietários eram simpáticos, e em poucos dias aprendi tudo o que havia para aprender. No fundo, não tinha de fazer nada além de servir às mesas.*

*Uns quarenta dias depois, percebi que meu ciclo tinha falhado. Achei que era o estresse, mas as mudanças que ocorriam dia após dia em meu corpo empurravam meus pensamentos para outra direção.*

*Assim que tive certeza de que esperava um bebê, liguei para ele. Não foi fácil, consegui contato só três dias depois. Havia forte ruído de fundo, era difícil nos entendermos. Disse-lhe que tinha um problema.*

*— Não está bem com meus amigos?*

*— Não é isso, é outro tipo de problema.*

*Depois de breve silêncio, ele entendeu.*

*Tranquilizou-me, disse que voltaria a Hong Kong no mês seguinte e que resolveríamos aquilo.*

*Fiquei perplexa, esperava ouvir algum tipo de emoção, mas o caso não passava de um problema para resolver. Durante alguns meses, projetei um filme em minha cabeça. O homem maduro e bem-sucedido, deslumbrado pela garota que conheceu no aeroporto, o amor deles crescendo dia a dia e tornando-se eterno... Depois, alguém disparou um tiro na tela e a despedaçou. O som foi seco, e o efeito, imediato, pois a verdade das coisas — isso aprendi com o tempo! — muitas vezes emerge de forma súbita e brutal.*

*Eu não tinha me comportado de modo muito diferente das garotas das fotonovelas que, sem um segundo de hesitação, caem nos braços do primeiro sedutor. Sentia-me ferida por causa da ideia elevada que tinha de mim mesma, de meu espírito crítico, de minha inteligência, e estava angustiada por aquela vida que sentia crescer dentro de mim, vida que não havia procurado nem desejado, da qual não sabia o que fazer.*

*A natureza é implacável, nem sonha em atender nossos desejos. Todos os dias, aquela coisinha aumentava de volume e complexidade, e seu progresso inexorável devorava todos os planos de minha vida futura. Submeti-me a todos os tipos de esforço físico, na esperança de que aquele monstrinho percebesse que não era bem-vindo. Esperava acordar algum dia numa poça de sangue e suspirar de alívio porque tudo tinha acabado. Não queria esperar a volta de Thomas, não queria que fosse ele, com seu dinheiro, quem resolvesse o problema. Queria que acontecesse "por acaso", que eu pudesse dizer "perdi o bebê", atribuindo o ocorrido a um destino maior.*

*Como você sabe, eu detestava o conceito de Providência. Para mim, o mundo não passava de matadouro delirante, e a ideia da existência de uma "fada" que, do alto, arranjava tudo com sua varinha mágica enchia-me de raiva. Mas agora, olhando retrospectivamente, relembrando todo o curso de minha vida — de nossa vida —, o que foi a sua aparição naquele dia no restaurante, senão uma concessão de Graça por parte daquela tão odiada fadinha?*

*De repente, você estava ali, na minha frente, de quatro no chão, completamente bêbado, tentando apanhar frutas que rolavam para longe.*

*Do outro lado do mundo, mas era você mesmo, o meu Capitão!*

*Ver você foi o mesmo que me sentir imediatamente lançada num mar tempestuoso. Num segundo ficou claro que ainda o amava, que amava só você, mas eu tinha feito de tudo para você me odiar, como poderia ter a certeza de que minhas tentativas não tinham sido bem-sucedidas? Sem dúvida você havia me apagado, tinha outra, ou muitas outras, e essas outras tinham me expulsado definitivamente de seu horizonte.*

*"O coração tem razões que a razão desconhece."*

*Quem disse isso? Pascal? Naquele momento, percebi que era exatamente assim. Quando vi você, percebi que a vida poderia recomeçar de modo diferente.*

*Duas semanas depois pedi demissão e voltei para a Itália. De minha mãe não consegui esconder a condição em que me encontrava. "Qualquer que seja sua decisão, estou do seu lado", disse-me ela, depois acrescentou: "De qualquer modo, lembre-se de que normalmente a vida traz consigo outra vida." Estavam se esgotando os meses permitidos por lei para resolver o problema. Fui com minha mãe ao hospital. Ao ver na tela aquela coisinha pulsando dentro de mim com regularidade obstinada, tive certeza de que não se tratava de um problema para resolver, mas de uma pessoinha que, com toda a sua carga de originalidade, pedia para vir ao mundo.*

*Digo isso, mas não escondo que os meses de gravidez foram difíceis. Eu estava preocupada, assustada, sentia-me totalmente incapaz como mãe. Dia sim, dia não, dizia a mim mesma que talvez fosse melhor resolver o problema. Enquanto isso, minha mãe continuava tricotando roupinhas, tinha ressuscitado meu velho bercinho e me confortava repetindo seu lema: a vida traz consigo outra vida.*

*Devo confessar, porém, que me senti uma mãe incompetente todos os dias de minha existência. Quanta dessa incompetência é responsável pelo que aconteceu depois entre mim e Amy? Teria acontecido mesmo que eu tivesse sido uma mãe perfeita, se você fosse o seu pai biológico? São perguntas a que ninguém poderá jamais responder. Talvez sejamos todos incompetentes, porque a vida é complexa demais para ser enfrentada com nossas míseras forças. Seria preciso subir numa montanha e, de lá de cima, olhar para o futuro. Ver a colheita do que semeamos, os caminhos que se enredarão. Mas talvez isso também fosse inútil. Se tivéssemos visto com antecedência que Marco um dia adoeceria e morreria, o que poderíamos fazer? Somos incompetentes para a vida porque somos incompetentes diante da morte. Nós nos atormentamos fazendo planos e traçando estratégias, para depois tudo acabar. Que sentido tem o antes, se não há um posterior, se não há um depois?*

*Nunca lhe disse nada sobre os dois meses que passei sozinha após a morte de nosso filho. Movia-me com a mesma ansiedade frenética de um cão abandonado pelo dono, farejava os lugares, decidia se ia para um lado ou para o outro na tentativa de encontrar um caminho que me trouxesse de volta para casa. Dormi em pensões tristíssimas, inundando o travesseiro de lágrimas. Mesmo sendo verão, sentia frio o tempo todo. Aquele gelo vinha de nosso pequeno, de seu corpo sozinho na sepultura.*

*Depois de um mês de perambulação, encontrei uma pessoa na estação de Bolonha. Não como Thomas, não se preocupe, já fiz você sofrer bastante. Já tínhamos nos olhado no bar — isso também é um mistério, de repente a gente se reconhece — e depois, de modo casual ou providencial, acabamos sentados ao lado um do outro no trem. Ele estava aposentado fazia uns meses e ia para Arezzo porque queria percorrer o caminho de São Francisco. Na contínua alternância de luz e escuridão dos túneis entre Bolonha e Florença, pensei que também eu poderia ir lá. São Francisco era um jovem rebelde, por isso sempre me foi simpático. Procurava a verdade de sua vida. E por acaso eu não estava procurando a mesma coisa? "Importa-se se eu for com o senhor?", perguntei. "De jeito nenhum", respondeu ele.*

*Poucos dias depois, andando ao seu lado por caminhos silenciosos, descobri que a vida dele, assim como a nossa, também tinha sido marcada pela perda de um filho. "A senhora tem sorte", disse-me, "porque seu filho morreu de doença, ao passo que o meu foi por uma fatalidade estúpida. As doenças são implacáveis, mas as fatalidades poderiam ser evitadas, por isso é quase impossível encontrar paz. Bastaria sermos mais atentos, e nada teria acontecido." Com dois anos, o filho dele tinha se sufocado com uma castanha que havia caído no chão durante o jantar da noite anterior. Ele a encontrara engatinhando, já estava descascada, por isso a meteu na boca. Quando perceberam que ele estava cianótico, fizeram a coisa mais errada de todas: meteram-lhe dois dedos na boca. Se conhecessem a manobra de salvamento, seu Luca teria sobrevivido, mas não foi o que aconteceu. "A morte é sempre atroz", comentou, "mas as mortes estúpidas são as mais atrozmente imperdoáveis de todas."*

*Depois desse acontecimento, contou-me, o casamento deles desmoronou e, após um período de constantes recriminações — "Se você não tivesse...", "Se você tivesse sido..." —, desceu entre eles um silêncio glacial. Depois, a mulher dele conheceu outro homem — sujeito alegre que sempre a levava para dançar — e refez a vida. "A mim restaram os cacos, e desde então caminho sem paz na tentativa de juntá-los novamente." Após um breve silêncio, continuou: "Mesmo tendo quase certeza de que essa paz eu só encontrarei debaixo da terra. Talvez nosso erro seja fazer perguntas grandes demais. Mas, quando essas coisas acontecem, não conseguimos evitar perguntar: por que a mim e não a outro? A grande encruzilhada que separa os cordeiros que irão para o matadouro daqueles que voltarão tranquilos ao ovil. Só quando ouve os trágicos balidos do matadouro você percebe que está no grupo errado. Tarde demais."*

*Depois de uma semana, nós nos separamos. Ele, Pietro, queria ir para Roma, enquanto eu não queria abandonar aquelas florestas e o encanto das pequenas aldeias fora do tempo. Tinha comigo o saco de dormir e, como era verão, mais de uma vez acabei dormindo ao relento.*

*Tinha medo?*

*Como é possível ter medo quando a nossa coberta é um céu estrelado e ao nosso redor só se ouvem os sons discretos de uma floresta noturna? Aquela paz, de algum modo, aquietava meus pensamentos, tornava-os mais límpidos, mais claros.*

*Não sei explicar a razão, mas, a certa altura, senti que aquele novelo que parecia emaranhado dentro de mim começava a se desenrolar. Eu caminhava muito e falava pouco, deixava que aquele céu e aquele silêncio entrassem dentro de mim. E assim, devagar, comecei a vislumbrar um fio da meada.*

*Nos dias de caminhada na companhia de Pietro, pelo menos uma coisa ficou clara para mim. Depois da morte de Marco, nós não nos lançamos no jogo do massacre mútuo das culpas. Foi um período tempestuoso, claro, mas nessa tempestade nunca nos injuriamos reciprocamente.*

*Se decidi partir, acrescentando mais dor à sua dor, foi precisamente por isto: para evitar que dentro de mim — e entre nós — se formassem perigosos bolsões de ressentimento. Por quê? Porque amo você, porque sempre quis que nossa relação durasse para sempre. Porque temos uma filha, Amy — para mim, ela sempre foi nossa filha —, e essa filha se perdeu no mundo. Só se estivermos unidos, talvez um dia consigamos recuperá-la. No fundo, agora é Amy nosso cordeiro ensanguentado. Enquanto Marco descansa, ela anda pelo mundo cheia de feridas.*

*Estavam sempre dentro dela? Fomos nós que as provocamos? É a sombra de Thomas que vive em sua alma? Quem pode dizer? Uma das poucas coisas de que sempre estive convencida — lembra-se de minha rebeldia por causa do nome? Não sou Patrizia, sou Edith! — é que os filhos não pertencem aos pais, mas apenas a si mesmos. Aceitar a liberdade deles sem deixar de amá-los não é nosso dever? O mais árduo dos deveres! E ter a paciência de esperá-los. Eu esperarei, nós esperaremos toda a vida que Amy regresse, que Amy volte a ser aquela que conhecíamos, que retome sua caminhada ao nosso lado com a mesma alegria de outrora.*

*Se voltei para casa mais serena, se voltei capaz de retomar nossa vida, foi porque um dia, ao longo do caminho, deparei com uma capela abandonada. Dentro dela, as andorinhas faziam ninhos, e acima do que restava do altar estava escrito:* Alba fert lucem. *A aurora traz luz. A luz sempre vence as trevas. Essa verdade esteve sempre diante de meus olhos, mas só naquele instante percebi que o amor é mais forte que a morte, e que a morte triunfa realmente em nós apenas no momento em que abandonamos essa certeza. Limitados em nossa experiência física, geralmente pensamos que o amor é apenas aquilo que sentimos em nossa dimensão temporal. Nós amávamos Marco, nós o trouxemos à vida, e Marco já não está aqui, mas o que foram aqueles últimos meses senão um contínuo fluxo de amor? E como é possível que esse amor tenha sido anulado apenas porque Marco já não está conosco?*

*Caminhando na paz daquelas florestas, caminhando nos lugares onde, muito tempo antes, tinha caminhado aquele rapaz que, ao rebelar-se, encontrou a maior das liberdades, pensei, ou melhor, senti exatamente isto: o tempo não é mais do que uma migalha da Eternidade, e, se não levantarmos o olhar dessa migalha, nunca conseguiremos viver a plenitude de uma vida que não tema a morte. Em alguma parte do universo, o amor que nos uniu — eu, você, Amy, Marco, nosso famoso quadrado, lembra-se? — brilha como uma estrela, e ali, no mistério daquela Luz que não é humana, viveremos para sempre.*

*Pronto, agora você sabe, ainda que de maneira fragmentária, o que aconteceu nos períodos da vida em que não estivemos juntos. Embora você nunca tenha admitido, tenho certeza de que, ao longo desses anos, a paternidade de Amy foi para você um desgosto silencioso e doloroso. Talvez por isso, para preservar a serenidade de sua relação com ela e comigo, você nunca tenha desejado saber. Eu também não soube mais nada de Thomas nem tive o desejo de procurá-lo, ainda que apenas para comunicar que eu lhe dera uma filha. Estaria pronta a falar com Amy, se ela desejasse — era um direito dela —, mas ela também sempre preferiu manter essa porta fechada. Mesmo quando teve início o período das grandes crises, mesmo quando eu estava absolutamente decidida a lhe dizer a verdade, ela continuou teimosamente a mantê-la trancada. Por isso, quando atingiu a maioridade, deixei-lhe aquela carta na mesa de cabeceira. Naquelas linhas, contei-lhe tudo, escrevi o nome e o sobrenome do pai dela e o lugar onde podia encontrá-lo. Terá lido? Quem sabe! Talvez o tenha encontrado e agora viva feliz com ele em algum lugar do mundo, estendendo sobre os dezoito anos de vida em comum conosco a faixa negra que outrora estendia sobre o pai desconhecido.*

*Na semana passada, enquanto você me ajudava a aprontar a mesa, percebi que suas mãos já não são as mesmas de antes. O relevo das veias cresceu e, aqui e ali, apareceram manchas escuras na pele. Agora, enquanto escrevo, olhei para as minhas e, embora com uma vantagem de dez anos, percebi que estou seguindo pelo mesmo caminho. Envelhecemos, estamos envelhecendo juntos. Essa constatação me deu grande serenidade.*

*Se eu tivesse decidido me casar com você na primeira vez que me pediu, em alguns anos nossa relação teria provavelmente ido por água abaixo, bem como se tivesse aceitado "regularizar nossa situação" quando estava esperando Marco. Mas agora, recuperada a alegria infantil, só espero isso. As coisas vivem em sua verdade quando têm tempo de amadurecer internamente, não quando lhes impingimos um nome.*

*Agora percebi que há um Bem que se sobrepõe a nós, um Bem que primeiro nos gera no nascimento e depois, de forma misteriosa e diferente, nos regenera na morte. Sem essa ideia de fluxo, sem essa ideia de dádiva, creio que é bastante difícil viver uma vida digna desse nome. A vida poderia não existir, mas existe. Poderíamos ser como Marte, como a Lua, como Saturno, esferas de pedra que giram e nadam no vazio sideral, mas somos criaturas vivas nesta pequena, maltratada, maravilhosa Terra. Deveríamos ser testemunhas de um milagre semelhante. E ser testemunhas significa não se render, não deixar de se espantar, não permitir que os fantasmas capazes de gerar as pequenas mortes diárias que nos cercam prevaleçam sobre os nossos dias.*

*Uma última coisa, meu querido e amado Andrea. Querendo descer — após todos estes altos voos — a cálculos concretos, creio poder dizer que, de nós dois, foi você quem deu mais, por isso não posso deixar de lhe agradecer e prometer que, a partir de amanhã, tentarei equilibrar as contas. Nos tempos em que nos conhecemos, a simples palavra "amor" provocava em mim o riso zombeteiro da juventude. Estava convencida de que amor não existe. Engano meu. O que foi a relação entre nós, e o que tivemos com a vida, senão uma grande história de amor?*

*A tua Edith, que procurava a felicidade*
*e a encontrou ao seu lado.*

*P.S. Não acha que com os sapatos que escolhemos corro o risco de tropeçar na igreja? Que ansiedade! Felizmente sei que você não estará longe e me agarrará a tempo, impedindo que eu caia.*

Terminada a leitura, dobrei as folhas com meticuloso cuidado e, antes de colocar o maço no bolso, beijei-o como se beijam as coisas queridas. Abaixo, havia densos cúmulos brancos; acima, um sol que brilhava nas asas do avião.

Pus os óculos escuros.

Abriu-se um claro entre as nuvens, e por ela vi as últimas ramificações dos Alpes. Lembro-me de quando começamos a falar da atmosfera e da troposfera em Veneza, em nossa cama. Suas mil perguntas. Quantos tipos de nuvens existem? E do que são feitas? Você não imagina que falta me faz aquela sua curiosidade insaciável.

A voz do comandante anunciou uma breve turbulência, quem estava de pé sentou-se, e por debaixo dos óculos escapou-me uma lágrima. A vida foi curta demais, pensei, antes que o avião começasse a dançar.

# 30
# Não se lembra de quem sou eu?

Reservei um hotelzinho em Kreuzberg, bairro onde Amy mora.

Decidi bancar o turista por um dia. Tinha estado em Berlim na juventude, quando a cidade ainda estava dividida por um muro, e as estações de metrô eram vigiadas por soldados armados. Agora tudo mudou, e tive dificuldade para me orientar nesta metrópole cintilante e moderna, invadida por concessionárias de automóveis de luxo, mesmo na área ex-comunista. Preferi voltar cedo para o hotel, a fim de me preparar para o encontro.

Na manhã seguinte eu já estava lá.

Por sorte, não muito longe de sua porta, havia um café com janelas para a rua. Pedi um café, fingindo mergulhar na leitura de um jornal. Percorrendo-o, senti ressurgir em mim uma parte do alemão de minha infância. Algumas horas depois, saí e passei algum tempo andando pela rua antes de voltar para almoçar no mesmo local. Pela porta de onde Amy deveria morar não entrou nem saiu ninguém. O edifício parecia espectral.

À tarde, quando eu já começava a perder a esperança, ela virou a esquina trazendo na mão um grande saco de um supermercado alemão. Embora fosse primavera, usava um casaquinho preto muito justo. Estava magra, com o cabelo preso num rabo de cavalo e parecia ter mais idade do que realmente tinha.

Fui ao seu encontro.

Assim que me viu, soltou o saco no chão. Nem um "olá", nem um "bom dia", apenas:

— O que está fazendo aqui?

A mesma "brutalidade" franca que você sempre demonstrou.

— Preciso falar com você.

— Por que ela não veio?

— É exatamente sobre ela que preciso falar com você. Subimos?

— Melhor não. Vou levar as compras para cima e desço.

Quando voltou, começamos a andar em silêncio um na frente do outro.

— Vamos a um parque aqui perto — disse ela.

O piercing no nariz ainda estava lá, e outros de formas diferentes tinham sido acrescentados às orelhas.

Sentamo-nos num quiosque que vendia kebabs; atrás do balcão havia uma tela onde se sucediam videoclipes barulhentos de cantores turcos; pedimos duas cervejas. Quando levantei a caneca, ela notou a aliança.

— Casaram-se? — perguntou incrédula.

Acenei com a cabeça.

— Fraqueza senil?

— Não, amor.

Ela deu de ombros com indiferença.

— E aí? O que você precisava me dizer?

— Uma coisa muito importante. Há meses que tento dizer, mas minhas cartas sempre voltaram.

— Quem lhe deu o endereço?

— Sua amiga Matilde.

— Muito amiga.

Tentei pegar a mão dela, mas, assim que a toquei, ela recuou.

— Preciso lhe dizer uma coisa...

— Já percebi! Por que está espichando tanto? Acha que tenho medo?

— Sua mãe Edith se foi...

Ela soltou uma risadinha.

— Abandonou você depois do casamento?

— Não, morreu.

Vi seu rosto tornar-se de pedra.

— Está brincando?

— Infelizmente não.

Ficamos longo tempo em silêncio. Nos arbustos à nossa volta, os melros modulavam os exuberantes cantos da corte, e na tela atrás de mim uma cantora escultural contorcia-se entoando refrões incompreensíveis.

Naqueles longos minutos, a pedra que mantinha Amy prisioneira começou a se esfarelar; os primeiros a perderem a dureza foram os olhos, seguidos pelo corpo, e a boca se crispou como quando ela era criança e estava prestes a cair no choro. As lágrimas começaram a escorrer pelas faces, primeiro escassas e apressadamente enxugadas, depois abundantes e sem pudor.

— É culpa minha? — balbuciou.

Finalmente consegui pegar sua mão.

— Não é culpa de ninguém.

— Quando? Como?

— Há seis meses. Do mesmo jeito da avó Ines.

— Vou morrer assim também?

— Ninguém pode saber como e quando vai morrer.

— É tudo uma loucura.

— De certo modo, sim. Mas é uma loucura que tem um antídoto.

— Qual?

— Viver como se a morte não existisse.

— Mas existe.

— Quem vive amando a desarma.

— Não existe amor — respondeu ela com raiva.

— Sua mãe a amava, caso contrário não teria trazido você ao mundo.

— Ela denunciou meu namorado, por causa dela ele foi parar na prisão!

— Não, ela não tem nada a ver com essa história. Não denunciou ninguém. Queria apenas que você não estragasse a vida com drogas.

Lentamente, o corpo de Amy começou a tremer, primeiro de modo imperceptível, depois como se estivesse sendo sacudido por um terremoto.

— É melhor me matar! — sussurrou, levando as mãos ao rosto. — É melhor me matar! Não fiz nada na vida que não fosse um desastre.

Acariciei seus cabelos.

— Não fale bobagem. Sua mãe sempre lhe perdoou.

— Por que perdoaria?

— Porque te amava, porque era uma pessoa sensível e inteligente, porque se parecia com você e sabia que a vida nunca é simples.

— Sou um monstro! — continuava a repetir. — Sou um monstro!

— Sabe de uma coisa? Monstro de verdade nunca percebe que é monstro.

Quando os soluços se acalmaram um pouco, tirei da bolsa a caixa dos Krumiri.

— Quando nos mudamos de Veneza para a ilha, sua mãe guardou todas as coisas mais preciosas de sua infância aqui dentro.

Amy pegou-a nas mãos e pesou-a com delicadeza.

— É leve.

— De fato, os dentinhos e as fotos não pesam muito.

Quando encontrou a carta escondida debaixo das imagens das competições de patinação e dos passeios na laguna, afastou-a.

— Não tenho coragem de ler.

— Quer que eu leia?

Ela concordou e veio sentar-se ao meu lado no banco, pousando a cabeça no meu ombro como fazia quando era criança.

*Querida minha amada, amadíssima Amy,*

*Você sabe como a desordem está sempre turbilhonando à minha volta como um universo em expansão, por isso decidi guardar nesta caixa as lembranças mais queridas de você. Talvez você ache que se trata de um sentimentalismo inútil. É nova demais para perceber que o que distingue nossa vida de gente da vida de nossos amados amigos animais é exatamente a memória. É com a memória que esculpimos o tempo, é a memória que nos permite ter raízes. E, quanto mais memória, mais raízes. Quanto mais raízes, mais difícil nos perdermos ao longo da vida.*

*Não sei agora para onde a transportou a tempestade que vivemos, mas todas as manhãs quando acordo, todas as noites quando adormeço, espero e rezo para que você esteja num lugar de onde seja possível voltar...*

Continuei a ler com uma voz calma todas as páginas.

Enquanto isso, o sol tinha se posto à nossa volta. Os jogadores de futebol e os de badminton tinham desaparecido, assim como as mães com carrinhos de bebê, restando apenas algumas pessoas que corriam sozinhas. No final da carta, ficamos abraçados durante algum tempo. Ela só se afastou quando um pastor-alemão começou a ladrar perto de nós.

— Desculpe, preciso ir — exclamou de repente, e sua figura frágil desapareceu na noite.

Fiquei em Berlim mais três dias e nos encontramos mais três vezes. Ela vivia de pequenos trabalhos e dividia a casa com um grupo de pessoas tão duras quanto ela. Depois de Bolonha, contou-me, não tinha ido para Berlim, mas sim para Hamburgo, à procura de seu pai verdadeiro. Depois de ler sua carta, convenceu-se de que com ele e com a ajuda dele poderia começar nova vida, apagando a "prisão" que tinha sido para ela a vida no Lido.

Mas não foi o que aconteceu.

O encontro com Thomas não deu os frutos esperados. Depois de muito insistir, conseguiu ser recebida em sua grande *villa* à beira do canal. Ele não tinha vontade nenhuma de perder tempo com uma moça de piercing no nariz. Quando Amy pronunciou seu nome, Edith, ele ficou um pouco pensativo, depois disse:

— Pode até ser... Sabe quantas mulheres tive naqueles anos?

Depois, com fria formalidade, acompanhou-a até a porta.

— De qualquer modo — acrescentou —, se for por uma questão de herança, da próxima vez traga o exame de DNA e, sendo o caso, entregamos a questão a um advogado. Não sou uma pessoa que se furta às próprias responsabilidades.

Depois desse encontro, ela ficou alguns dias na estação de Hamburgo como um zumbi; lá fez amizade com jovens da mesma idade e, juntos, se mudaram para Berlim, onde a vida era mais barata.

— Por que nos rejeitou? Por que não voltou? — perguntei-lhe então.

— Porque odiava vocês, porque me odiava, porque sentia que tinha fracassado na vida. Por orgulho, também, porque queria provar que era capaz de me virar sem vocês.

No último dia, acompanhou-me ao aeroporto.

— Está feliz aqui? — perguntei.

— Não.

— Por que não volta? Já provou que consegue se virar sem nós.

Ela balançou a cabeça, desolada.

— Porque não posso.

Antes de passar pelos controles de embarque, voltei-me para olhá-la. Ela estava ali, imóvel, com uma mão aberta em sinal de despedida e uma sombra de sorriso nos lábios. Eu também lhe fiz um aceno antes de atravessar as forcas caudinas do detector de metais.

Dormi durante toda a viagem; acordei de repente quando senti os solavancos do avião aterrissando na pista de Fiumicino.

Em menos de uma semana, o jardim tinha passado por surpreendente transformação; tudo o que podia florescer tinha florescido, a grama estava alta e selvagem, como se a casa estivesse abandonada há meses. As abelhas zumbiam felizes, quase embriagadas pela abundância de pólen e néctar.

— Senti saudade de vocês! — disse eu, passando por elas de mala na mão.

No dia seguinte, vesti o macacão e passei a manhã inteira verificando suas condições de saúde. Em cada colmeia havia tal multidão que me parecia realmente difícil pensar que, na minha ausência, pudessem ter enxameado. Era quase impossível perceber o que acontecia naquela babel de atividade febril; na rampa de voo, a atividade de chegada e partida, de carga e descarga, era frenética.

Ao contrário das formigas, que nascem em determinada casta e nela permanecem para sempre, as abelhas — como você me explicou um dia — mudam continuamente de ofício ao longo da vida. Começam sendo faxineiras, depois babás das irmãs, encarregadas das entregas e da estocagem, severas guardiãs da casa e, só na última parte da existência, lançam-se à descoberta do mundo exterior, aprendendo a mergulhar e a dançar nas profundezas dos cálices das flores.

Vocês vivem vinte dias, pensei, fechando a colmeia; nós vivemos décadas, mas ambos somos obrigados a aprender sempre, talvez por isso nos pareçam tão simpáticas.

Durante algumas semanas não tive notícias de Berlim. No último fim de semana, começaram a chegar à ilha os primeiros banhistas heroicos. Fim da tristeza, disse a mim mesmo ao vê-los desembarcar; neste verão vou comprar um barquinho e sair por aí para falar com os golfinhos.

Certa manhã recebi uma mensagem.

Fiz asneiras demais não sei mais o que fazer.

O bom da vida é que se pode sempre recomeçar.

***

Poucos dias antes, arrumando a casa, eu tinha encontrado o desenho que ela fez no Lido. Tirei-o e fotografei-o. Na hora do almoço, enviei-o.

Não se lembra de quem sou?

À tarde trabalhei no jardim. Entrei em casa no crepúsculo. O celular estava na mesa da cozinha. A resposta tinha chegado.

Tiopapai que salva quem se afoga.

Tenho uma boia salva-vidas pronta para você. Venha!

Já não estou sozinha.

Então venham! O tiopapai está esperando.

Pouco depois fui dormir.

Não me lembro de ter sonhado, mas, de manhã, de olhos ainda fechados, tive a sensação de estar imerso numa inexplicável luminosidade. Tinha um braço estendido para o seu lugar, sobre o travesseiro, como se você ainda estivesse aqui ao meu lado.

Tomei uma xícara de café, depois fui ao quartinho das ferramentas. O balanço estava exatamente onde o tinha visto da última vez.

Abri a caixa, verifiquei a firmeza dos aros e das cordas, depois peguei a escada e subi para pendurá-lo na velha árvore na frente da cozinha.

Este livro foi composto na tipografia Minion Pro,
em corpo 11,5/16, e impresso em
papel off-white no Sistema Cameron da
Divisão Gráfica da Distribuidora Record.